번역
문장
만들기

번역 문장 만들기

초판 1쇄 펴낸날 | 2020년 11월 25일
초판 2쇄 펴낸날 | 2023년 5월 25일

지은이 | 김보원
펴낸이 | 고성환
펴낸곳 | 한국방송통신대학교출판문화원
　　　 (03088) 서울시 종로구 이화장길 54
　　　 전화 1644-1232
　　　 팩스 (02) 741-4570
　　　 홈페이지 http://press.knou.ac.kr
　　　 출판등록 1982년 6월 7일 제1-491호

출판위원장 | 이기재
편집 | 신경진 · 명수경
편집 디자인 | (주)성지이디피
표지 디자인 | 김민정

값 16,000원

번역
문장
만들기

김보원 지음

에피스테메
EPISTEME

머리말

최고의 번역 문장을 만드는 데는 종합적 능력이 필요하다. 출발어와 도착어의 탁월한 구사는 말할 것도 없거니와 번역 원문의 내용과 관련 분야에 대한 해박한 지식, 문서의 유형과 문체에 대한 이해 또한 필수 요건이다. 아울러 원전에 대한 충실성과 번역문의 가독성 추구라는 이중 과제의 수행을 위해 두 언어 사이를 교묘하게 오가는 균형 감각 또한 번역자가 갖추어야 할 기본 자질에 해당한다. 모름지기 훌륭한 번역자라면, 기술번역에서는 해당 분야의 준전문가가 되어야 하며, 문학번역이라면 원작의 분위기를 살리는 문학적 감수성 또한 구비해야 하며, 영상번역이라면 문자와 소리, 영상을 동시에 꿰는 언어 감각까지 겸비해야 할 것이다.

『번역 문장 만들기』는 이 같은 필수 요건과 자질 모두를 습득 목표로 삼지는 않는다. 이는 전문번역가로 다년간 활동한 최고의 번역자나 이를 수 있는 높은 경지라고 해야 옳을 것이다. 다만 기술번역이든 출판번역이든 영상번역이든, 영한번역에는 번역자가 갖추어야 할 기본 요령 혹은 기술(skill)이 몇 가지 있으며, 이는 꾸준한 반복 연습을 통해 습득이 가능하다는 판단에서 이 책을 펴내게 되었다. 영어와 한국어는 어법상 뚜렷한 대조를 보이는 지점이 있으며, 이를 정확히 포착하고 번역에 활용할 수 있다면 최고의 번역 문장을 만들기 위한 최소한의 역량은 갖추었다고 평가할 수 있기 때문이다.

이 책은 2부로 나뉜다. 1부 〈기초편〉에서는 먼저 영문법 항목 중 한국어와 뚜렷한 대조를 보이는 무생물주어, 대명사, 수동태, (시제와 수의) 일치 등과 관련된 구문의 번역을 중점적으로 연습한다. 번역자의 기초 역량이 검증되는 지점이 바로 여기다. 아울러 품사 전환을 통해 번역문의 가독성을 높이는 요령은 어떤 번역에서나 기본 번역 기술에 해당하는데, 여기서는 형용사를 중심으로 품사 전환의 요령을 살펴보기로 한다. 1부 마지막 장은 문장 부호의 번역을 다루는데, 영어는 한국어보다 문장 부호를 더 많이 더 효율적으로 사용할 뿐만 아니라 같은 부호라도 용법이 다를 때가 있으므로 다른 장 못지않게 정독이 필요하다.

2부 〈응용편〉에서는 번역자의 재량을 좀 더 발휘할 수 있는 번역 기술을 다룬다. 어구를 보충하거나 축약하여 가독성을 높이는 번역, 구문이나 어휘를 뒤집는 '반전 번역', 출발어의 어순을 그대로 살리는 '순차 번역' 등이 여기에 해당한다. 이 단계에 이르면 번역 작업은 종종 창작의 기쁨을 주기도 한다. 그런 다음 번역자들의 영원한 숙제인 비유적 표현의 번역을 시도한다. 비유법의 번역은 과연 가능한지, 또 이를 어떻게 살리고 또 언제 포기해야 하는지 등의 과제를 다양한 예문을 통해서 점검하기로 한다. 2부 마지막 장에서는 이름, 호칭, 상호, 방위 등 표기에 관한 문제를 짚어보고, 실험적 시도로 리듬과 운율의 번역에 도전해 본다.

1부에서 2부로 넘어가면서 책의 구성은 기초적인 번역 요령에서부터 복합적이고 창조적인 번역 기술을 활용하는 쪽으로 확장되었다. 따라서 1장부터 정독하는 것이 효과적이겠지만, 반드시 책 전체를 차례대로 정독할 필요는 없다. 각자의 관심과 필요에 따라 장(주제)별로 건너뛰며 읽는 것도 괜찮은 방법이다. 예문으로는 문학 작품이나 신문 기사를 비롯한 다양한 자료를 활용하고 있는데, 여러 장에 공통으로 해당하는 좋은 예문은 학습 효과를 위해 반복하여 사용하고 있다는 점도 미리 알려 둔다.

허술한 원고지만 통사론 전공자의 관점에서 꼼꼼하게 읽어주고 조언을 아끼지 않은 박동우 교수님께 진심으로 감사를 드리며, 아울러 느려터진 저자의 일솜씨를 타박하지 않고 기다리며 '번역 문장 만들기'란 좋은 제목까지 선사해 준 출판문화원 신경진 선생님께도 감사 인사를 드린다. 구글번역과 인공지능을 논하며 번역의 미래를 걱정하는 이들이 많다. 하지만 최고의 번역은 여전히 사람의 손안에 있다는 점 또한 변함없는 진실이다.

지은이 김보원

차례

1부

기초편

．
．
．

1장

무생물주어의 처리

■ 무생물주어는 영어 특유의 구문

한국어와 달리 영어는 무생물을 주어로 취하는 문장이 많은데, 이 주어가 (목적어이거나 혹은 아닌) 사람의 행동에 영향을 끼칠 때 번역상의 어려움이 발생한다. 한국어에서도 무생물주어를 쓰지만 사람과 직접적 관련이 없을 때가 많기 때문이다. 한국어에서는 사물과 관련될 때 사람이 능동적인 행동을 취하는 주체라는 생각이 강하다.

■ 주어를 부사구나 부사절로 전환

무생물주어가 사용된 문장은 일반적으로 이 주어를 부사구나 부사절로 바꾼 뒤 뒤에 오는 문장에서 맥락에 맞게 적절한 주어를 취하면 자연스러운 한국어 문장으로 전환할 수 있다.

■ 주어가 없는 문장으로 바꾸는 것도 요령

한국어는 주어가 없어도 표준 어법에 부합한다. 따라서 무생물주어를 부사구 등으로 바꾼 다음 억지로 주어를 찾지 말고, 주어가 없는 문장으로 바꿀 수 있으면 그렇게 번역해도 된다.

■ 독특한 무생물주어 구문

사람의 감정 변화를 나타내는 동사 구문이나 시간을 나타내는 명사를 주어로 사용하는 문장 등 일정한 패턴을 보이는 독특한 무생물주어 구문이 있는데, 이 역시 주어를 적절한 부사구나 부사절로 전환하면 간명하게 번역이 된다.

"음식이나 간이냉장고, 쓰레기를 방치하면 벌금이 부과됩니다."

미국 콜로라도주 Rocky Mountains National Park에 게시된 경고문으로 경고의 핵심 사항에 해당하는 어구를 무생물주어로 내세워 캠핑객들의 주의를 효과적으로 환기하고 있다.

그림 출처: http://olderberry.blogspot.com/2013/11/sign-bears-frequent-this-area.html

I. make를 활용한 무생물주어 구문

동사 make는 원래 사용 빈도가 높은 단어지만, 무생물주어를 활용한 예문에서도 단연코 가장 높은 빈도를 보인다. 가장 흔한 경우는 make를 사역동사로 활용하고 목적어를 인칭대명사로 취하는 이른바 '5형식 구문'인데, 이 경우는 목적어를 주어로 전환하면 자연스러운 번역문이 만들어진다.

❶ Trump's attacks have made her more popular than ever back home.

* 전형적인 5형식 구문으로, '트럼프의 공격 때문에'란 부사구를 만들어 내면 자연스럽게 '그녀'가 주어로 전환된다.

❷ The strong noise behind him in the middle of the night made him walk faster.

❸ "Why, you curious child, what makes you care about this house so much, suddenly? I never knew you loved it."

* D. H. Lawrence, "The Rocking-Horse Winner". 의문문이므로 당연히 주어를 생략하는 방식으로 번역할 수 있다.

❶ **트럼프의 공격 때문에 그녀는** 고향에서 이전보다 더 유명해졌다.

❷ 한밤중에 **뒤에서 나는 큰 소리 때문에 그는** 더 빨리 걸었다.

❸ "아니, 희한한 아이구나. **뭣 때문에** 갑자기 이 집에 그렇게 마음을 쓰는 거야? 네가 집을 좋아하는 줄은 정말 몰랐어."

❹ Sometimes the recollection of his humiliation was so vivid that it made him physically wince and shudder.

* Aldous Huxley, "Half-Holiday". 무생물주어를 종속절에서 다시 대명사로 받는 복문이지만 요령은 동일하다.

❺ Rising beer prices are making a pub pint an 'unaffordable luxury'.

* a pub pint: 술집에서 마시는 맥주 한 잔.

❻ Low private-sector debt made households and firms more likely to spend government handouts.

* households and firms: 가구와 기업들. handout: (정부 등에서 주는) 보조금, 지원금.

❼ Another week will make a full year to live here.

* make가 사역동사가 아닌 경우로, 주어가 없는 한국어 문장으로 바꿀 수 있다.

❽ The 1949 revision also made it a war crime to use certain types of weapons, such as poison gas.

* 가목적어를 사용하면서 구문이 복잡해졌지만 목적어를 주어로 전환하는 요령은 동일하다.

❹ 수모를 당한 기억이 너무 생생해서 그는 이따금 몸을 움츠리고 덜덜 떨었다.

❺ 맥주 가격이 올라 술집에서 마시는 맥주 한 잔이 '감당할 수 없는 사치'가 **되고 있다.**

❻ 민간 분야는 부채가 적어서 가구와 기업들이 정부 보조금을 더 쓰기 쉽게 되었다.

❼ 일주일만 더 있으면 여기서 산 지도 만 1년이 **된다.**

❽ **1949년의 개정으로 말미암아** 독가스와 같은 특정 유형의 무기 사용 또한 전쟁 범죄로 규정되었다.

❾ Mr. Bennet was so odd a mixture of quick parts, sarcastic humour, reserve, and caprice, that **the experience of three and twenty years had been insufficient to make his wife understand his character.**

* Jane Austen, *Pride and Prejudice*. 5형식 구문이 아니지만 의미만 이해하면 같은 방식으로 번역이 가능하다.

❿ If you have a lot of things you cannot move about a lot, (that) furniture requires dusting, dusters require servants, servants require insurance stamps, and **the whole tangle of them makes you think twice before you accept an invitation to dinner or go for a bathe in the Jordan.**

* E. M. Forster, "My Wood". 이 문장의 you는 일반인을 가리키는데, '우리'로 번역하거나 아니면 생략하면 된다. 이에 대해서는 2장에서 자세히 다루기로 한다.

Ⅱ. 소유격이 포함된 무생물주어

무생물주어가 고유명사 또는 인칭대명사 소유격의 수식을 받는 경우가 많다. 이럴 경우에는 소유격을 주어로 전환하면 자연스럽게 번역문이 만들어진다. 한국어는 사람을 주어로 취하는 것이 편하기 때문이다.

❾ 베넷 씨는 재기와 냉소적인 기질, 내성적 성격, 변덕 등이 워낙 묘하게 섞여 있는 사람이어서, **23년을 함께 살고도 그의 아내는 남편의 성격을 이해하기가 쉽지 않았다.**

❿ 소유가 많으면 몸을 많이 움직일 수 없다. 가구가 있으면 청소를 해야 하고, 청소도구를 쓰려면 하인이 필요하고, 하인을 두려면 보험증서가 있어야 되는 법. **이 복잡하게 얽힌 모든 일 때문에 우리는** 저녁식사 초대에 응하거나 조던(요단)강에 멱을 감으러 가기 전에 한번 더 생각하게 된다.

❶ Louise's health forced her to spend the winter at Monte Carlo and the summer at Deauville.

* Somerset Maugham, "Louise".

❷ My sympathies were with the grasshopper and for some time I never saw an ant without putting my foot on it.

* Somerset Maugham, "The Ant and the Grasshopper". never A without B: A 하기만 하면 B 하다.

❸ While I was talking to this guy, I noticed his hands were shaking. He tried to conceal this by shifting in his seat.

* his hands는 이 경우 단수로 옮겨도 무방하고, 복수의 의미를 살리려면 '두 손'으로 옮기는 것도 요령이다.

❹ Once a choice is made, our minds tend to rewrite history in a way that flatters our volition, a fact magicians have exploited for centuries.

* Alex Stone, "The Science of Illusion". volition: 의지, 의지에 따른 결정.

❺ My lady's goodness had put me to write and cast accounts, and made me a little expert at my needle, and otherwise qualified above my degree.

* Samuel Richardson, *Pamela, or Virtue Rewarded*. 무생물주어에 소유격이 두 개 포함된 사례. qualified above my degree: 신분을 넘어서는 자격을 갖춘.

❶ **루이즈는 건강 때문에** 겨울은 몬테카를로에서 여름은 도빌에서 지내야 했다.

❷ **나는 심정적으로 베짱이 편이었고,** 그래서 한동안 개미를 보기만 하면 밟아 죽였다.

❸ 이 친구하고 말을 하는 동안 나는 **그가 (두) 손을 떨고 있는 것을** 알아차렸다. 그는 이를 감추려고 자세를 고쳐 앉으려고 했다.

❹ 일단 선택을 하고 나면, **우리는 머릿속으로** 자신의 의사결정에 부합하는 쪽으로 역사를 다시 쓰는 경향이 있고, 마술사들은 이를 오랜 세월 동안 이용해 왔다.

❺ **우리 마님께서는 고맙게도 제가** 글도 쓰고, 계산도 하고, 바느질도 약간 능숙하게 하고, 또 그 밖에 제 신분에 과분한 자질도 갖추게 해 주셨어요.

III. 시간을 나타내는 무생물주어

무생물주어는 다양한 형태로 나타나는데, 그중 독특한 사례 하나가 시간을 나타내는 명사(또는 명사구)를 주어로 쓴 문장이다. 한국어에서 전혀 볼 수 없는 구문으로 대개 see, find, witness 등의 동사를 동반하는데, 이 역시 주어를 문맥에 맞게 적절한 부사어로 전환하면 자연스러운 번역이 된다.

❶ The turn of the 20th century saw the professionalization of occupation.

❷ The 13th century also witnessed the Crown of Aragon, centred in Spain's northeast, expand its reach across islands in the Mediterranean, to Sicily and Naples.

❸ The sniper lay still for a long time nursing his wounded arm and planning escape. Morning must not find him wounded on the roof.

* Liam O'Flaherty, "The Sniper". 둘째 문장은 주인공의 머릿속 의식의 표현이다.

❶ **20세기로 넘어오면서** 직업의 전문화가 이루어졌다.

❷ **13세기에는 또한** 스페인 동북부에 근거하고 있던 아라곤 연합왕국이 자신의 영토를 지중해 도서를 넘어 시실리와 나폴리까지 확장하였다.

❸ 저격수는 부상당한 팔을 치료하고 **빠져나갈** 길을 궁리하며 한참 동안 가만히 누워 있었다. (그는) 부상을 당한 채 **아침까지** 지붕 위에 있을 수는 없는 노릇이었다.

❹ The last quarter century has seen Canadians grapple once more with fundamental questions of national identity.

* grapple: 격투하다, 맞붙어 싸우다.

❺ The morning saw sunny skies in London and the forecast is calling for rain in the afternoon with a high of 9°C.

Ⅳ. 감정 변화를 나타내는 동사 구문

일정한 번역 패턴을 보이는 또 한 가지 무생물주어 구문으로 사람의 감정 변화를 나타내는 동사 구문이 있다. 이 동사군의 경우 사람을 목적어로 취하는 타동사로, 대개 수동태로 표현된다는 점이 우리말과 다르다. 능동태로 쓰인 경우 역시 목적어인 사람을 주어로 전환하면 쉽게 번역할 수 있다.

❶ His eloquence struck me dumb and moved all the other attendees to tears.

❷ At first, this remark deeply embarrassed my wife and me, but we soon grew accustomed to the friendly joking.

❹ **지난 4반세기 동안 캐나다인들은** 국가정체성이라는 근본적인 문제를 다시 한번 고민하게 되었다.

❺ **런던의 아침 하늘은 맑았고,** 일기예보에서는 오후에 비가 오고 최고기온은 섭씨 9도에 이를 것이라고 한다.

❶ **그의 웅변에 나는 할 말을 잃었고** 다른 참석자들도 모두 눈물을 보일 만큼 감동을 받았다.

❷ **처음에 아내와 나는 이 말에 무척 당황했다.** 하지만 우리는 곧 친근한 농담에 익숙해졌다.

❸ A loud horn-blast from behind startled him out of his concentration, and he pulled his car to the side.

❹ The Church hierarchy has disappointed them, but they were not bitter.

* hierarchy: 계급, 위계질서, 고위층.

❺ Her constant singing throughout the film annoyed my father. "If she wants to sing, that's her right." he remarked.

* Israel Zamir, *Journey to My Father, Isaac Bashevis Singer: A Memoir*.

V. 기타 무생물주어 구문

영어가 우리 일상 속으로 깊숙이 들어오면서 무생물주어 구문은 영어 어순 그대로 직역해도 어색하지 않을 만큼 가까워졌다. 그래서 이 구문은 한국어로 옮길 때 일정한 패턴을 보이기도 하지만, 창조적 번역이 가능한 경우도 많다. 아래의 다양한 예문을 살펴보면서 자연스러운 한국어 표현을 확인해 보자.

❸ 뒤에서 나는 시끄러운 경적소리에 깜짝 놀라 그는 골똘히 하던 생각을 멈추고 길가에 차를 댔다.

❹ 그들은 교회 고위층에 실망했지만 분개하지는 않았다.

❺ 그녀가 영화 내내 쉬지 않고 노래를 불러서 아버지는 짜증이 나셨다. "노래를 부르고 싶다면 그건 그녀의 권리지 뭐." 아버지가 말씀하셨다.

❶ Longer-term projections suggest the median age will reach 45 years by about 2050, but will only rise slightly thereafter.

* the median age: 중위연령(전 인구를 일렬로 세웠을 때 가장 중앙에 위치한 사람의 연령).

❷ One 2011 study found that nearly all Canadian spending on dental care came from non-government dollars, 60 percent covered by employer-sponsored plans and 35 percent paid out of pocket.

* employer-sponsored plan: 고용주가 부담하는 보험.

❸ The FBI's investigation revealed that the perpetrators were "homegrown violent extremists" inspired by foreign terrorist groups.

* homegrown: 집에서 기르는, 국내산의, 지방색이 있는.

❹ Religion reminds every man that he is his brother's keeper.

* Martin Luther King, Jr., "Three Ways of Meeting Oppression". 『구약성서』의 첫 장 「창세기」에서 아벨(Abel)을 죽인 카인(Cain)은 동생이 어디 있느냐는 여호와의 물음에 "Am I my brother's keeper?"라고 대꾸한 적이 있다.

❶ **장기 예측에 따르면** 대략 2050년이 되면 중위연령이 45세가 되지만 그 후에는 약간 상승하기만 할 것으로 **추정된다.**

❷ **2011년에 이루어진 한 연구에 따르면** 캐나다인들의 치과 진료비 관련 지출의 거의 대부분은 비정부 부문의 재원으로 처리되었는데, 그중 60퍼센트는 고용주가 부담하는 보험에서, 35퍼센트는 개인 부담으로 처리된 것으로 **밝혀졌다.**

❸ **FBI 수사 결과** 범인들은 국외 테러 단체의 영향을 받은 "자생적인 폭력 성향의 과격파"로 **드러났다.**

❹ **종교를 통해 모든 사람은** 자신이 형제를 지키는 자임을 **깨닫게 됩니다.**

❺ Business had taken Herbert on a journey to Marseilles.

* Charles Dickens, *Great Expectations*.

❻ The death of their son Prince John caused the Crown to pass to Charles I (the Emperor Charles V), son of Juana la Loca.

❼ For the last few nights, noises from Mystery Mansion had kept him awake.

❽ Asia's prudence during the past decade did not allow it to escape the global recession.

* prudence: 검약, 근검절약.

❾ A Facebook 'scandal' in 2013 almost cost him a place in the national team and in the nation's affections.

* 기성용 선수의 이적 관련 ESPN 기사(2015. 5. 10.)의 일부.

❿ The second major flood of the Delaware River in six months has left more than 1,000 residents in New Jersey's capital temporarily homeless.

❺ 허버트는 사업차 마르세유로 떠나고 없었다.

❻ 그들의 아들 존 왕자가 죽었기 때문에 왕위는 후아나 라 로카의 아들인 찰스 1세(찰스 5세 황제)로 넘어갔다.

❼ '미스터리 맨션'에서 나는 소리 때문에 그는 지난 며칠 밤을 뜬눈으로 새웠다.

❽ 지난 10년 동안의 근검절약에도 불구하고 아시아는 전 세계적 경기침체를 피할 수 없었다.

❾ 2013년에 벌어진 페이스북 '스캔들' 때문에 그는 국가대표팀과 국민들의 사랑을 잃을 뻔했다.

❿ 6개월 만에 미국 델라웨어강에 다시 큰 홍수가 발생해 뉴저지주 주도에서는 1,000명이 넘는 주민이 일시적으로 이재민이 되었습니다.

⓫ Lower teacher pay and severe budget cuts are driving schools to the brink.

⓬ The marvelous new militancy which has engulfed the Negro community must not lead us to a distrust of all white people.

* Martin Luther King, Jr., "I Have a Dream". engulf: 사로잡다, 완전히 에워싸다.

⓭ The silence of the whole party on the subject seemed to justify her decision.

* Jane Austen, *Pride and Prejudice*.

⓮ A heavy snow blocked traffic in the mountain regions in Gangwon Province.

⓯ Violence often brings about momentary results. Nations have frequently won their independence in battle.

* Martin Luther King, Jr., "Three Ways of Meeting Oppression".

⑪ 교사들에 대한 낮은 급여와 심각한 예산 삭감으로 학교들이 벼랑 끝으로 내몰리고 있다.

⑫ 우리는 검둥이 사회를 사로잡고 있는 새로운 엄청난 호전성 때문에 모든 백인을 불신해서는 안 됩니다.

⑬ 그 문제에 관해 모두 침묵하는 것으로 미루어 보아 그녀의 결정은 정당한 것 같았다.

⑭ 폭설이 내려 강원도 산악지역의 교통이 두절되었다.

⑮ 폭력은 흔히 일시적인 결과를 이끌어 냅니다. 싸움을 통해 독립을 쟁취한 나라가 많이 있었습니다.

⓰ She dealt with moral problems as a cleaver deals with meat: and in this case she had made up her mind.

* James Joyce, "The Boarding House". cleaver: (고기를 토막 내는) 큰 칼.

⓱ Does your throat hurt you?

⓲ He addressed himself directly to Miss Bennet, with a polite congratulation; Mr. Hurst also made her a slight bow, and said he was "very glad;" but diffuseness and warmth remained for Bingley's salutation.

* Jane Austen, *Pride and Prejudice*. Miss Bennet, 곧 Jane Bennet에게 마음을 빼앗긴 Mr. Bingley가 (감기에서 막 회복된) 그녀를 향해 열렬한 애정을 표현하는 대목 이다.

⑯ 그녀는 **칼로 고기를 자르듯** 도덕 문제를 처리했다. 그리고 이 경우는 이미 마음을 정한 뒤였다.

⑰ **목이 아파?**

⑱ 그는 곧바로 베넷 양을 향해 정중한 축하의 인사를 건넸고, 허스트 씨는 가벼운 목례를 하며 "무척 반갑다"고 말했다. 하지만 **장황하고 열렬한 인사는 빙리의 몫이었다.**

> * 이 경우는 거의 창작에 가까운 번역이라고 할 수 있는데, 번역에서도 이렇게 창조적 상상력을 발휘하는 기쁨을 맛볼 수 있다.

2장

대명사 지우기

●
●
●

■ 영어는 대명사를 많이 쓰는 언어

영어는 우리말보다 대명사 사용 빈도가 현저히 높다. 또 동일한 인칭대명사가 한 문장 속에서 서로 다른 인물을 가리킬 수도 있을 만큼 애매할 때도 있다. 대명사의 번역은 언뜻 보면 간단해 보이지만, 때로는 번역자의 진짜 실력을 드러내는 관건이 되기도 한다.

■ 대명사 번역을 생략할 수 있다면 생략해도 무방

한국어는 전후 맥락이 분명할 때 대명사를 생략하는 경우가 많다. 따라서 영어의 대명사는 번역을 생략할 수 있다면 생략하는 것이 자연스럽다. 특히 인칭대명사의 소유격에 이런 경우가 많다.

■ 생략이 어려우면 명사를 재사용

대명사는 명사의 반복을 피하기 위해 사용하지만, 한국어는 특별한 경우를 제외하고는 동일한 명사를 반복해도 어색하지 않다. 따라서 대명사를 해당 명사로 전환하는 것이 자연스러우면 명사로 바꾸어 번역해야 한다. 특히 인칭대명사는 한국어의 높임법 때문에 그대로 두기 어려울 때가 많은데, 이때는 대명사가 지칭하는 명사로 바꾸는 것이 낫다.

■ 일반인(people in general)을 가리키는 you

You가 '일반인'을 가리키는 특별한 용법은 한국어 2인칭 대명사 '너'나 '당신'에는 없는 용법이므로, 생략할 수 있는 맥락이면 생략하고 그렇지 않으면 적절한 다른 어구로 바꾸어야 한다.

엉띄엄 잡초가 나 있었다. 코끼리는 왼쪽 옆구리를 우리 쪽으로 향한 채 도
로에서 8야드 떨어진 곳에 서 있었다. 코끼리는 군중이 다가가고 있다는 데
대해 조금도 개의치 않았다. (take no notice of는 '알아차리지 못하다'와 '무
시하다'의 두 가지로 해석할 수 있는데, 여기서는 그 두 가지 의미가 중첩되
어 있는 것으로 보인다.) 그는 풀 다발을 뜯어 자신의 무릎에 털어 닦아 내고
는 입에 쑤셔 넣고 있었다.

위 그림은 George Orwell의 산문 "Shooting an Elephant"의 번역문을 교정한 교열
전문가 교정쇄의 일부이다. 원문에서는 코끼리를 반복해서 he, his로 표기하고 있
는데, 번역원고에서 he를 '그'라고 번역하자 '그 코끼리'로 바꾸어 줄 것을 요청하고
있다.

<원문>
The elephant was standing eight yards from the road, his left side towards us.
He took not the slightest notice of the crowd's approach. He was tearing up
bunches of grass, beating them against his knees to clean them and stuffing
them into his mouth.

I. 대명사의 생략은 흔한 일

영한번역에서 대명사의 생략은 낯설지 않다. 날짜, 시간, 거리 등을 가리킬 때 쓰는 이른바 '비인칭주어 it'이 대표적인데, 우리말과 달리 영어는 모든 문장에 주어가 꼭 있어야 하기 때문이다. 그 밖에 기초적인 관용 표현을 우리말로 옮기는 과정에서 대명사를 생략하는 사례를 많이 볼 수 있다.

❶ **They say that** books with a yellow or red cover sell better than others.

* 일반인을 가리키는 대명사 they를 사용한 관용 표현이다.

❷ **It** is unnecessary **to respond** to every form of customer feedback on social media.

* 이른바 '가주어/진주어' 구문도 대명사를 생략해서 자연스러운 우리말을 만든다.

❸ "Robbie," she says, her voice gaining a little bit of strength. "Jackson will pay us. You **take it easy** now."

❹ We can sleep on the beach. I don't mind **roughing it** for a night or two.

* rough it: 불편하게 지내다, (문명의 안락 없이) 야외에서 살다.

❶ 노란색이나 빨간색 표지로 된 책이 다른 책보다 잘 팔린다고 **한다.**

❷ 소셜미디어상의 고객들의 다양한 반응에 모두 **답할** 필요는 없다.

❸ "로비," 그녀가 말을 하는데, 목소리에 약간 힘이 들어가 있다. "잭슨이 갚을 거야. 이제 **편하게 생각해.**"

  * 관용 표현의 전형적 사례. 사실 번역문을 찬찬히 보면 원문의 her voice, pay us, You take it easy 등에서 대명사가 모두 생략된 것을 알 수 있다. 이는 거꾸로 영어에서 대명사를 얼마나 많이 쓰는지를 보여 주는 방증이기도 하다.

❹ 우린 해변에서 잘 수 있어. 난 하루 이틀 밤 정도는 **불편해도** 괜찮아.

II. 생략할 수 있다면 생략이 최선

대명사는 어려운 문법이 아니기 때문에 번역할 때 무심결에 그대로 두는 경우가 많은데, 대명사를 생략하면 훨씬 자연스러운 문장이 된다. 우리말은 영어보다 대명사를 훨씬 적게 쓴다.

❶ It's an interesting tour that is so much different from the standard that I think you will enjoy it if you like something different.

❷ The government advised residents in Seoul and the nearby area to stay indoors and keep their windows closed.

* 대명사의 생략은 소유격, 목적격에도 마찬가지로 적용된다. 특히 인칭대명사의 소유격은 생략이 기본일 만큼 자연스러운 일이다.

❸ The strange man did not touch his food, but instead resumed his narrative.

* 인칭대명사 소유격의 반복된 생략을 보여 주는 예문이다.

❹ Does your throat hurt you?

* 무생물주어를 쓴 좋은 예문이면서 또한 한국어와 영어에서 대명사의 활용이 얼마나 다른지를 생생하게 보여 주는 예문이다.

❶ 이 여행은 표준형과 많이 다른 흥미로운 여행상품이라서 **뭔가 색다른 것을 원하신다면 좋아하실 거라고 생각합니다.**

  * 이 문장에는 주어 It을 포함하여 대명사가 다섯 번 쓰였는데, 주어를 제외한 나머지 대명사를 모두 번역에서 생략했는데도(생략했기 때문에) 자연스러운 한국어가 되었다.

❷ 정부는 서울과 인근 지역에 거주하는 주민들에게 집 밖에 나오지 말고 **창문을 열지 말 것을** 당부했다.

❸ 낯선 사나이는 **음식에는** 손을 대지 않았고, 그 대신 **이야기를** 계속 이어 나갔다.

❹ 목이 아파?

❺ From morning till night **he** and **his wife** mourned over **their** loss, and **nothing could comfort them.**

* Andrew Lang, *The Violet Fairy Book.* 대명사는 번역을 생략하기도 하지만, 때로는 '자기'나 '자신'으로 번역하는 것이 자연스러울 때도 있다.

❻ My daughter quit **her job** because **she** didn't get along with **her co-workers.**

* 인칭대명사 세 개 모두 생략이 가능하다.

❼ She left **her car** and walked into the restaurant, holding **her hands** over **her head** to protect **her hair** from the light rain.

* 대명사(her)가 네 번 나오는 구문이다. her hands는 대명사를 무시하고 복수형의 의미를 살려 '두 손'으로 옮기는 것도 요령이다.

❽ "Do not you want to know who has taken it?" cried his wife impatiently.
"**You** want to tell **me**, and **I** have no objection to hearing **it**."
This was invitation enough.

* Jane Austen, *Pride and Prejudice.* 이 문장의 번역은 영어와 한국어의 대명사 사용이 얼마나 다른지 생생하게 보여 준다. 아내의 성화에 마지못해 아내의 이야기를 들어 주겠다는 남편의 대답에는 대명사가 무려 네 개나 들어 있으나 한국어에서는 모두 생략하고도 의미를 전달할 수 있다.

❺ 아침부터 저녁까지 **그와 아내**는 자신들에게 닥친 상실(개의 죽음)을 슬퍼했고 **어떤 위로도 소용없었다.**

❻ 내 딸은 **동료들**과 잘 어울리지 못해서 **직장을** 그만두었다.

❼ 그녀는 **차에서** 내려 가랑비에 **머리칼이 젖을까 봐 두 손으로 머리**를 감싸고 식당에 들어갔다.

❽ "누가 거기 입주하는지 알고 싶지 않아요?" 그의 아내가 조바심을 내며 언성을 높였다.
"**말하고 싶은가 본데, 못 들어줄 거야 없소.**"
이 정도 반응이면 충분했다.

III. 생략이 어려우면 명사를 재사용

흥미롭게도 우리말은 고유명사든 보통명사든 반복해서 사용해도 어색하지가 않다. 대명사를 생략할 수 없거나, 대명사가 거북하다는 느낌이 들 만큼 반복해서 사용될 때는 대명사가 지칭하는 명사를 그대로 써 주면 오히려 자연스러운 느낌이 든다.

> ❶ "Do your kids think you're guilty?"
> "No, they got the truth from Wilton and my mother."

* John Grisham, *The Whistler*.

> ❷ My husband has to drive by these neighbors' house on his way home, so they know when he gets here.

> ❸ President Obama and Canadian Prime Minister Harper held a 45-minute press conference. They laid out shared goals for dealing with the global financial crisis, climate change and security issues.

* 영어에서는 이런 경우 당연히 'they'로 표기하지만, 이를 '그들은'이라고 직역하면 어색하다.

❶ "당신 아이들은 당신이 유죄라고 생각합니까?"

"아뇨, **우리 아이들은** 월턴과 제 어머니로부터 진실을 들어 알고 있습니다."

❷ 우리 남편은 **집에 오는 길에** 이 이웃집 옆으로 운전하고 지나와야 하기 때문에 그들은 **남편이** 언제 집에 도착하는지를 안다.

  * 이 경우 '남편이'는 '그가'로 번역해도 큰 무리는 없겠지만, 명사로 바꾸는 것이 좀 더 자연스럽다.

❸ 오바마 대통령과 하퍼 캐나다 수상은 45분 동안 기자회견을 가졌다. **양국 정상은** 세계 금융위기와 기후변화, 안보 문제 등의 처리와 관련하여 공유하고 있는 목표를 제시하였다.

  * 한국어는 사람을 가리킬 때 고유명사나 대명사보다 그 사람의 '직책', '직위'로 표현하기를 선호하는 특성이 있다. '두 사람'으로 옮길 수도 있겠으나 '양국 정상'이 훨씬 자연스럽다.

❹ As Francesca stripped the Iowa liquor seal from the top of the brandy bottle, she looked at **her** fingernails and wished **they** were longer and better cared for.

❺ When it comes to the economic impact of demography, Japan is the wizened canary in the world's coal mine. **It** has become older faster than any other big country.

* the canary in the coal mine: 탄광 속의 카나리아. 19세기 광부들은 탄광 속 가스 중독 사고를 예방하기 위해 카나리아 새장을 탄광에 가지고 들어가 카나리아가 이상 증세를 보이면 즉시 탄광을 탈출했다고 한다. 인구 감소 문제가 가장 심각한 나라인 일본을 '탄광 속의 카나리아'에 비유한 글이다. wizen: 시들다, 시들게 하다.

❻ **The girl** told police that **she** attacked **her mother** as **she** was 'so, so angry and frustrated with **her**.' Officers say **she** was upset that **she** had to be home at 11.45pm on Friday.

* 어머니를 죽인 소녀에 관한 보도기사로, 3인칭 여성형 대명사(she, her)가 혼란스럽게 반복되고 있다. 영문에서는 이와 같은 동일한 대명사의 반복을 크게 문제 삼지 않는 경향이 있다.

❼ Almost 200 years after **his** death, **Grimaldi's** service to silliness is marked by an annual church service in his name.

* Joseph Grimaldi: 19세기 초에 활동한 영국 배우. 이른바 '전치대명사'의 사례로, 주절에 선행하는 종속절에서 주절의 명사를 미리 대명사로 사용하고 있다. 종속절을 먼저 번역해야 한다면 대명사를 주절의 명사로 전환해야 이해하기 쉬워진다.

❹ 프란체스카는 브랜디 병뚜껑에 붙은 아이오와주 주류세 인지를 뜯어내다가 **자기** 손톱을 보았고, **손톱이** 좀 더 길고 정리가 잘되어 있었더라면 하는 생각이 들었다.

❺ 인구 문제의 경제적 영향을 논할 때 일본은 세상이란 탄광 속에서 죽어 가는 카나리아에 해당한다. **일본은** 다른 어떤 강대국보다 더 빠르게 고령화가 진행되었다.

❻ 소녀는 '**어머니한테** 너무너무 화가 나고 불만스러워서' **어머니를** 공격했다고 경찰에게 말했다. 경찰관들에 따르면 **소녀는** 금요일 저녁 11시 45분까지 집에 들어가야 한다는 데 짜증이 났다고 한다.

* 자연스러운 한국어 번역을 하기 위해서는 대명사를 어떤 경우에 생략하고 어떤 경우에 명사로 전환하면 되는지 감각을 키워야 한다.

❼ **그리말디가** 세상을 떠난 지 200년 가까이 흘렀지만, 매년 **그를** 추모하는 예배가 열려 바보스러움으로 웃음을 선사한 그의 업적을 기리고 있습니다.

Ⅳ. 일반인을 가리키는 you

2인칭 대명사 you는 일반인(people in general)을 가리키는 특별 용법이 있다. 이를 the generic you라고 하는데, 이때는 you를 '우리'나 '사람들'로 번역하거나 생략하면 된다. 하지만 문맥에 따라 어감이 약간씩 다르므로 맥락을 잘 살펴보아야 한다. 거의 같은 용례를 보이는 부정대명사 one이 좀 더 격식을 차린(formal) 경우라면, you는 비격식(informal) 환경에서 사용한다.

❶ They all said the same thing: he [the elephant] took no notice of you if you left him alone, but he might charge if you went too close to him.

* George Orwell, "Shooting an Elephant". 이 문장의 you는 one으로 대체하기가 쉽지 않음을 알 수 있다. you 특유의 어조가 있다.

❷ His praise was hard to earn; when it came, however, you felt it to your toes.

* Philip Wylie, "The Making of a Man". to one's toes: 끝까지, 확실하게.

❸ My husband and I are very friendly with another couple. They are kind and generous people and would give you the shirts off their backs.

* give the shirts off one's back: 남한테 ~을 잘 주다.

❶ 그들이 하는 이야기는 모두 똑같았다. 코끼리를 가만히 놔두면 **사람이** 있는 줄을 모르지만 너무 가까이 가면 공격할 수도 있다는 것이었다.

❷ 그의 칭찬은 듣기가 쉽지 않았다. 하지만 칭찬을 할 때는 **화끈했다.**

❸ 남편과 저는 다른 한 부부와 무척 친하게 지냅니다. 그 부부는 친절하고 너그러운 데다 또 **남들한테** 뭐든 잘 주는 사람들입니다.

❹ Yes, they had taken him for a tout; they had treated him as though he didn't really exist, as though he were just an instrument whose services **you** hired and to which, when the bill had been paid, **you** gave no further thought.

* Aldous Huxley, "Half-Holiday".

❺ Joe said he wasn't so bad **when you knew how to take him**, that he was a decent sort **so long as you didn't rub him the wrong way.**

* James Joyce, "Clay". rub the wrong way: 비위를 거스르다, 신경을 건드리다.

V. 'that/those of'의 처리

대명사의 생략과 관련하여 특히 흥미로운 사례는 지시대명사 that과 those의 생략이다. 다음 문장의 번역은 네 가지로 생각해 볼 수 있다.

"The cost of living in Seoul is higher than **that of Shanghai.**"

① 서울의 생활비는 **상하이의 그것보다** 비싸다.
② 서울의 생활비는 **상하이의 생활비보다** 비싸다.
③ 서울의 생활비는 **상하이보다** 비싸다.
④ 서울은 **상하이보다** 생활비가 비싸다.

❹ 그랬다. 그들은 그를 유객꾼으로 간주한 것이었다. 그들은 그를 마치 없는 사람처럼 대하고 있었고, 마치 **서비스 계약을 하고** 계산이 끝난 뒤에는 더 이상 **생각하지 않아도 되는** 도구로만 여겼던 것이다.

❺ 조는 **다루는 방법만 터득하면** 그가 그리 나쁜 편은 아니라고 하면서, **비위만 거스르지 않으면** 그가 괜찮은 사람이라고 했다.

지금까지 살펴본 바로 ①이 어색한 번역투라는 것은 쉽게 알 수 있다. 대명사 대신 명사를 써서 ②와 같이 옮기는 것이 올바른 번역인데 생략에 관대한 한국어의 특성을 감안하면 아예 ③으로 건너뛰는 것도 괜찮아 보인다. ③의 번역은 언뜻 보면 비교의 대상(생활비 vs. 상하이)이 다르기 때문에 비문(非文)이라고 생각할 수도 있으나, 실제로 한국어에서는 이런 식의 비교 구문을 많이 쓴다. 다음 예문을 보자.

> 북한이 24일 또다시 동해상에 미사일 발사체를 쏜 데 대한 **일본 정부의 발표가 한국보다** 약 26분 빨랐다고 아사히신문이 25일 보도했다. (조선일보, 2019. 8. 25.)

엄밀히 말하면 일본 정부의 발표가 '**한국 정부의 발표보다**' 빨랐다고 해야 옳지만 이런 식의 표현은 일상에서 쉽게 찾아볼 수 있다. 따지고 들면 비문이지만 맥락상 충분히 이해가 되며, 그렇다면 언어경제성의 원리에서도 생략하는 것이 맞다. 하지만 가장 자연스러운 한국어는 ④로, 이른바 한국어 특유의 이중주어를 사용한 문장이다. 다만 이렇게 이중주어를 사용할 수 없는 경우가 있고, 또 이중주어를 사용하면 미묘한 어감 차이가 생길 수 있으므로, 그럴 때는 ③처럼 대명사의 번역을 생략하는 것이 자연스러운 해결책이다.

> ❶ In this general chaos is it still possible to play any role other than **that of humanitarian donor?**

❶ 이 전반적 혼돈의 시기에 **인도주의적 기부자(의 역할)** 말고 무슨 다른 역할을 하는 것이 가능한가?

    * that of의 번역을 생략하거나 명사 '역할'로 바꾸는 것 모두 가능하다.

❷ Smokers' life expectancy is about eight years shorter than that of non-smokers in South Korea.

* life expectancy: 예상수명. 통계 분야에서는 이 말을 대개 '기대수명'으로 번역하지만 '예상수명'이 더 올바른 번역이다. expect는 '기대'와 '예상' 두 가지 뜻으로 쓰이지만, 여기서는 '기대'보다 '예상'에 가까운 개념이다.

❸ Many modern structures surpass those of Egypt in terms of purely physical size.

* those는 structures를 받는 대명사이다. structure: 건물, 건축물.

❹ The sales of Rockport's shoes were much higher than those of its competitors.

* those: =sales of shoes.

❺ My father's treatment of the original text of *The Fall of Gondolin* was unlike that of *The Tale of Tinúviel.*

* J.R.R. Tolkien, *The Fall of Gondolin*.

❷ 한국에서 흡연자의 예상수명은 **비흡연자보다** 약 8년 짧다.

  (한국은 흡연자의 예상수명이 **비흡연자보다** 약 8년 짧다.)

  (한국은 흡연자가 **비흡연자보다** 예상수명이 약 8년 짧다.)

❸ 많은 현대 **건축물은** 순전히 물리적인 규모에서는 **이집트를** 능가
  한다.

❹ 락포트사의 신발 판매량은 **경쟁사들보다** 훨씬 많았다.

❺ 『곤돌린의 함락』의 원본 텍스트에 대한 부친의 처리 방식은 『**티누
  비엘 이야기』와는 달랐다.**

■ 대명사의 생략

대명사 생략은 한국어의 특별한 현상이 아니며 로망스어, 슬라브어, 아랍어, 시노-티베트어 계통의 언어에서도 광범위하게 나타난 현상이다(Diller, 1994; McShane, 2005: 200f; 이충회·김원필, 2008; 허성태·임홍수, 2008; 정규영, 2008: 582). 유럽 언어 가운데서는 스페인어가 대표적인 대명사 생략 언어이다(이충회·김원필, 2008: 550ff). 이 언어에서는 주어가 1, 2인칭일 때는 주어를 쓰지 않는 것이 일반적이며 주어가 3인칭인 경우에도 혼동의 여지가 없으면 생략하는 경우가 많다. 스페인어에서는 또 주어가 불분명한 경우도 주어를 생략할 수 있다.

출처: 안종기·송경안(2011). 「한국어-영어 품사의 유형론적 비교연구」, 『언어학』, 19(3).

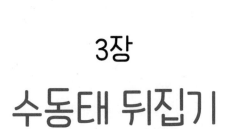

3장

수동태 뒤집기

•

•

•

■ 영어는 수동태를 많이 쓰는 언어

영어는 한국어보다 수동태를 훨씬 많이 쓴다. 영어가 한국인의 일상으로 깊숙이 들어오면서 수동태(한국어 문법에서는 피동)로 쓰인 한국어 말과 글이 늘어나고 있고, 번역에서도 수동문을 자연스러운 표현으로 받아들이는 경향까지 있다.

■ 주어를 그대로 두거나 다른 주어로 바꿔 능동문으로 전환

수동의 구조를 버리면 자연스러운 한국어가 되는데, 그렇다고 반드시 영어식 능동태 문장으로 바꿀 필요는 없다. 원문의 주어를 그대로 사용하면서도 능동문이 가능하고, 아니면 아예 한국어 특유의 주어가 없는 문장으로 바꿀 수도 있다.

■ 유사 수동태 구문

문법적으로 정확히 수동태 구문(be + 과거분사)으로 분류되지는 않아도 이른바 유사 수동태로 분류할 수 있는 구문이 의외로 많다. 이 역시 일반 수동태 구문과 같은 방식으로 처리하면 된다.

■ 수동의 의미를 지닌 과거분사

익히 알다시피 과거분사는 수동의 의미를 지니고 있고, 이런 의미를 유지한 채 문장 속에서 다양한 방식으로 활용되고 있다. 이 역시 기계적으로 수동의 개념으로 번역하지 말고 자연스러운 한국어 어법에 맞는 구문을 찾아보아야 한다.

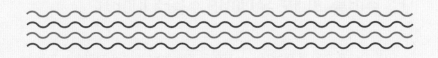

Reduced Speed Ahead는 한국어 '전방 감속구간'에 해당하는 미국의 도로 교통 표지판인데, 능동의 개념으로 바꾸어야 자연스러운 우리말이 된다. 이 표기는 단순히 영어의 수동 선호 현상을 넘어 수동태가 얼마나 요령 있게 활용되는지를 잘 보여 준다. 한국어의 '감속구간'에 운전자에 대한 다소 명령조의 어조가 담겨 있다면, Reduced Speed Ahead에는 감속 행위의 대상인 속도에 초점을 맞춰 완곡어법으로 운전자를 배려한다는 느낌을 준다.

그림 출처: https://www.nyc.gov/html/dot/downloads/pdf/Reduced_School_Speed_Limit_Study.pdf

I. 주어를 그대로 유지하며 수동태 피하기

수동태 구문을 피하기 위해서는 능동태로 전환하는 방법을 생각하기 마련이지만 꼭 그럴 필요는 없다. 영문 주어를 그대로 두고도 같은 의미의 문장을 만들 수 있기 때문이다. 한국어 술어동사의 의미와 형태에 적절한 변화를 주는 방식으로 처리하면 어렵지 않게 수동의 틀을 벗어날 수 있다.

❶ He rejoined his regiment and three months later was killed.

❷ Nobody would deny that teenagers seem to be obsessed with their clothing.

❸ Yes, they had taken him for a tout; they had treated him as though he didn't really exist, as though he were just an instrument whose services you hired and to which, when the bill had been paid, you gave no further thought.

* Aldous Huxley, "Half-Holiday".

❹ Nonviolent resistance is not aimed against oppressors but against oppression.

* Marin Luther King, Jr., "Three Ways of Meeting Oppression".

❶ **그는** 자기 연대로 돌아가 석 달 후 **전사했다**.

❷ 십대들이 **옷에 집착하는** 성향은 누구도 부인하지 못할 것이다.

❸ 그랬다. 그들은 그를 유객꾼으로 간주한 것이었다. 그들은 그를 마치 없는 사람처럼 대하고 있었고, 마치 서비스 계약을 하고 **계산이 끝난 뒤에는** 더 이상 생각하지 않아도 되는 도구로만 여겼던 것이다.

❹ **비폭력저항은** 압제자가 아니라 압제를 **겨냥합니다**.

❺ Only one test can be taken per day.

❻ You are requested to fasten your seat-belt during our take-off.

❼ But perhaps her mother was right as to the course to be followed, whatever she might be in her reasons.

* Thomas Hardy, *Tess of the d'Urbervilles*.

❽ It was a strategy that has been attempted without much success in not just Merck's but other previous vaccine efforts as well.

❾ "It's an American complex," Richard said definitively. "Because most of America is empty so people get used to wide open spaces."

* get, become 등을 쓴 '유사 수동태'라고 할 수 있는 문장인데, 번역 요령은 동일하다.

❿ I even sent a written request, but he has not responded. I've talked to his brothers about this, but they refuse to become involved.

❺ **시험은** 하루에 한 번만 볼 수 있습니다.

❻ **승객 여러분께서는** 이륙하는 동안 안전벨트를 매 주시기 **바랍니다.**

❼ 하지만 논리야 어떻든 간에 앞으로 **취해야 할 태도로는** 어머니의 생각이 옳은 것 같았다.

❽ 그것은 머크의 연구뿐만 아니라 백신을 만들기 위한 이전의 다른 연구에서도 **시도한 바 있으나 크게 성공하지는 못한 전략**이었다.

❾ "그건 미국식 강박관념이야." 리처드가 단정적으로 말했다. "미국은 대체로 빈 공간이 많아서 사람들이 넓고 트인 공간에 **익숙하거든.**"

❿ 심지어 서면 요구서까지 보냈지만 그는 응답이 없습니다. 이 문제 때문에 그의 다른 형제들과도 얘기해 봤지만, 그들은 **관여하기** 싫다고 합니다.

II. 주어와 목적어 바꾸어 쓰기

수동태를 능동태로 전환하면 손쉽게 수동문을 피할 수 있다. 주어를 목적어로 바꾸면 의미상의 차이가 발생할 것 같지만, 번역에서는 반드시 그렇지만도 않다. 주어가 없어도 문장이 되는 한국어 고유의 특성 때문이다. 그 밖에 영문의 주어를 부사구나 부사절로 바꾸는 등 다양한 대안이 있다.

❶ Once a choice is made, our minds tend to rewrite history in a way that flatters our volition, a fact magicians have exploited for centuries.

* Alex Stone, "The Science of Illusion".

❷ Yes, a beautiful salmon had just come in, it was the first they had had. I ordered it for my guest. The waiter asked her if she would have something **while it was being cooked.**

* Somerset Maugham, "The Luncheon".

❸ Dennis and I had a verbal contract agreeing that **the rental income would be used** to pay back the money I was shelling out for property taxes, insurance, repairs and so on.

* shell out: 들이다, 쏟아붓다, 거액을 지불하다.

❶ **일단 선택을 하고 나면**, 우리는 머릿속으로 자신의 의사결정에 부합하는 쪽으로 역사를 다시 쓰는 경향이 있고, 마술사들은 이를 오랜 세월 동안 이용해 왔다.

❷ 그랬다. 근사한 연어가 막 들어와 있었고, 그것은 그들이 들여놓은 연어로는 처음이었다. 나는 손님을 위해 그것을 주문했다. 종업원은 그녀에게 **요리를 하는 동안** 뭘 좀 드시겠냐고 물었다.

❸ 데니스와 저는 **임대소득을** 제가 재산세와 보험료, 수리비 등을 내는 데 쓴 돈을 상환하는 데 **쓰기로** 구두 계약을 했습니다.

❹ A good writer gives you hints as to the outcome, and a good reader recognizes these, so that he half expects the ending before it is reached.

* Clifton Fadiman, "How to Read Short Stories".

❺ Archaeological research at Atapuerca indicates the Iberian Peninsula was populated by hominids 1.2 million years ago.

❻ Make sure this new rise is not followed by another fall.

❼ When asked about his identity, the author said.

❽ Her eyes were hard and cold. Her breath smelt of spirits. Seen at close range, she was indescribably horrible.

* Aldous Huxley, "Half-Holiday".

❾ However a DfE (Department for Education) spokesman said: "This is one of a number of factors schools are judged on and it does not automatically mean the school will face intervention."

❹ 훌륭한 작가는 결말에 대해 힌트를 주며, 훌륭한 독자는 이를 알아차리기 때문에 **결말에 이르기 전에** 반쯤은 예상하고 있다.

❺ 아타푸에르카 지역에 대한 고고학적 연구에 따르면 **이베리아 반도에는** 120만 년 전에 **영장류가 살았다고** 한다.

❻ **이번의 새로운 상승 뒤에 또 다른 (경기)하강이 오지 않도록** 조심해야 한다.

❼ **그의 정체성에 대해 묻자** 작가는 이렇게 대답했다.

❽ 그녀의 두 눈은 무표정하고 차가웠다. 숨결에서는 술 냄새가 났다. **가까이서 보니** 그녀는 말로 표현할 수 없을 만큼 끔찍했다.

❾ 하지만 교육부 대변인은 이렇게 말했다. "이것은 **학교를 평가하는 많은 요소 중 하나**일 뿐, 이 때문에 자동적으로 학교가 간섭을 받게 될 것이라는 뜻은 아닙니다."

⑩ The riches he had brought back from his travels had now become a local legend, and it was popularly believed, whatever the old folk might say, that the Hill at Bag End was full of tunnels stuffed with treasure.

* J.R.R. Tolkien, *The Lord of the Rings*.

⑪ My first son was married two years ago, and Bette was not invited to the wedding. My second son will be getting married next year, and he already has advised me that Bette will not be invited.

* 재혼한 아내(Bette)를 아들들이 제대로 대접하지 않는다고 하소연하는 상담 내용이다. Bette는 베트 또는 베티로 발음한다. advise: (정식으로) 알리다.

⑫ Pay the application fee, and you are done. You'll receive a receipt for your application to use in place of your license. You'll need to show this if you are stopped by the police, or otherwise need proof of your license, but it can't be used as ID.

* 캔자스주 운전면허 신청 안내문의 일부이다. 앞의 문장과 마찬가지로 표시된 수동태를 그대로 옮기지 않아도(않아야) 자연스러운 한국어 표현이 된다. 영문에서 수동태를 얼마나 애용하는지 잘 알 수 있는 좋은 예문이다.

⑬ So I passed the order to my sister and my mother. The rabbit was not to be spoken to, nor even looked at.

* D. H. Lawrence, "Adolf".

⑩ 그가 여행에서 가지고 돌아온 재산은 이제 이 지방의 전설이 되어 있었고, 나이 든 이들이 뭐라고 하든 간에 **모두들** 골목쟁이집 언덕은 보물을 채워 넣은 굴로 꽉 차 있다고 **믿었다.**

⑪ 제 맏아들은 2년 전에 **결혼했는데,** 베트를 결혼식에 **초대하지 않** 았습니다. 둘째 아들은 내년에 **결혼할** 예정인데 벌써부터 베트를 **초대하지 않겠다고** 알려 왔습니다.

⑫ 신청비를 내고 나면 **다 끝납니다.** 면허증 대신 사용할 수 있는 신청서 영수증을 받으십시오. 만약 **경찰에게 걸리거나** 혹시 다른 이유로 면허증을 제시할 필요가 있으면 영수증을 보여 주면 됩니다. 하지만 **영수증을 신분증으로 사용할 수는 없습니다.**

⑬ 그래서 나는 누이와 어머니에게 엄명을 내려 두었다. 토끼한테 **말을 걸지** 말고 심지어 **눈길도 주지** 말라고.

Ⅲ. 동사를 명사로 전환하기

수동태의 동사를 명사(주어)로 품사를 바꾸어 수동태를 피하는 방법도 하나의 유형으로 분류할 수 있다. 발상의 전환이라고 할 수 있을 만큼 독특한데, 개별 예문의 성격은 서로 다르지만 수동태의 동사를 명사로 활용했다는 점은 똑같다.

❶ Earlier this year it was argued that such export-dependent economies could not revive until customers in the rich world did.

❷ The cover of the latest *Economist* is headlined "Afghanistan: The Growing Threat of Failure."

❸ India was hit less hard by the global recession than many of its neighbours because it exports less.

❹ Long vowels are not reflected in Romanization.

* 〈국어의 로마자 표기법〉의 일부.

❺ What if Mr. Obama is fated to be another Lyndon B. Johnson instead?

❶ 올해 초 이와 같은 수출의존형 국가들은 부자 나라의 소비자들이 되살아날 때까지는 회복하기 힘들 것이란 **주장이 있었다.**

❷ **지난 호『이코노미스트』의 표지 기사 제목은** "아프가니스탄: 점증하는 실패의 위협"**이다.**

❸ **인도는** 수출 비중이 낮기 때문에 인근의 많은 국가들에 비해 세계 경기침체로 인한 **타격이 덜했다.**

❹ '로마자 표기'에서 장모음의 **표기는 따로 하지 않는다.**

❺ **오바마 대통령의 운명이** 린든 B. 존슨 대통령의 전철을 따르게 되어 있다면 어떻게 될 것인가?

❻ Seven Israelis and thirty-two Palestinians were reported to have died this month alone.

Ⅳ. 과거분사의 다양한 활용

사실 영한번역에서 정규 수동태보다 더 빈번하게 문제되는 것은 과거분사를 일반 문장에서 수식어나 보어로 사용할 때이다. 이 경우도 당연히 과거분사의 수동태적 의미가 담겨 있으므로, 수동태 번역과 마찬가지로 의식적으로 구문 전환을 해야 한다.

❶ The concrete slabs represent the millions of Jewish people killed by the Nazis during World War II.

❷ Made by immune cells known as B lymphocytes, these antibodies bind to specific portions of a virus and then hamper that virus from infecting healthy cells.

❸ "A Long-expected Party" is the first chapter of *The Lord of the Rings*. It details Bilbo's birthday party, his departure, and Gandalf's farewell to Frodo. The title of the chapter contrasts the first chapter of *The Hobbit*, "An Unexpected Party."

❻ **보도에 의하면** 이번 달에만 이스라엘인 일곱 명과 팔레스타인인 서른두 명이 사망했다고 한다.

❶ 콘크리트 판들은 2차 세계대전 때 **나치 손에 죽은** 수백만 유대인 을 상징한다.

❷ 이 항체들은 **B림프구라는 면역세포**에서 생성되는데, 바이러스의 특정 부위에 붙어 바이러스가 건강한 세포를 공격하지 못하도록 막는다.

❸ **"오랫동안 기다린 잔치"**는 『반지의 제왕』의 첫 장이다. 거기에는 빌보의 생일잔치, 그의 출발, 그리고 간달프와 프로도의 작별이 그려진다. 이 장 제목은 『호빗』의 첫 장인 **"뜻밖의 잔치"**와 대조를 이룬다.

❹ The research suggests low pay and insecure work are on the rise among young people, 45% of those surveyed were living with their parents.

❺ The government advised residents in Seoul and the nearby area to stay indoors and keep their windows closed.

❻ It galled her that I alone should look upon her as a comic figure and she could not rest till I acknowledged myself mistaken and defeated.

* Somerset Maugham, "Louise".

❼ Moderates shelled out $1.54 for every campaign dollar spent by liberals by 2012 and $1.65 in 2010.

* moderates: (정치적으로) 중도파, 중도주의자.

❽ The shootings prompted renewed debate about gun control in the United States.

❹ 이 연구에 따르면 저임금과 불안정한 일자리가 청년층에서 증가하고 있음을 알 수 있는데, **조사 대상자의 45 퍼센트가** 부모와 함께 살고 있었다.

❺ 정부는 서울과 인근 지역에 거주하는 주민들에게 집 밖에 나오지 말고 **창문을 열지 말 것을** 당부했다.

❻ 그녀가 기분 나빴던 것은 나만이 자기를 웃기는 사람으로 보고 있다는 사실, 그리고 **내가 잘못했으며 또 졌다고 인정할 때까지는** 자신이 안심할 수가 없다는 사실이었다.

❼ 2012년에 **진보파가 선거운동에 1달러를 쓸 때** 중도파는 1.54 달러를 쏟아부었고, 2010년에는 1.65달러를 썼다.

❽ 총격 사건으로 말미암아 미국 내 총기 규제에 대한 **논쟁에 다시 불이 붙었다.**

❾ "You will go down slow, sir, I suppose?" she said with attempted unconcern.

* Thomas Hardy, *Tess of the d'Urbervilles*. 걱정은 되지만 티를 내지 않으려는 화자의 모습을 표현하고 있다.

❿ He set a record in his rookie season with 73 stolen bases.

* stolen base: (야구) 도루.

❾ "선생님, 천천히 내려가실 거죠?" 그녀는 **태연한 척하며** 말했다.

❿ 그는 데뷔 첫 해에 73개의 **도루로** 신기록을 세웠다.

> * 한국어의 도루와 영어의 stolen base는 수동태와 관련하여 두 언어의 차이를 전형
> 적으로 보여 준다. 한국어의 도루는 사람을 주인공으로 하는 능동의 개념을 지니고
> 행위자에 주목하는 반면, 영어의 stolen base(도난당한 루)는 대상에 초점을 맞추
> 면서 수동으로 표현하고 있기 때문이다. 공격팀의 도루 (성공) 기록을 표현할 때도
> stolen base란 표현을 쓰는데, 과거분사를 즐겨 쓰는 영어 특유의 표현 방식이 여
> 기서도 드러나는 셈이다. 물론 문장 속에서 도루를 설명할 때는 steal, stealing이
> 란 능동 표현을 쓰기도 하지만 기록으로 표기할 때는 stolen base가 공식 용어이
> 다. 이 밖에 같은 발상에서 과거분사를 사용하여 만든 야구 용어는 다음과 같다.
>
> 경기수: games played. 득점: runs scored. 타점: runs batted in. 잔루:
> left on base. 투구 횟수: innings pitched. 평균자책점(방어율): earned run
> average(ERA). 구원 실패: blown save. 선발 출전: games started. 도루 실
> 패: caught stealing.

4장
일치 강박 벗어나기

•
•
•

■ **시제의 일치 넘어서기**

한국어에서 찾아보기 힘든 영문법의 주요 항목 중의 하나가 시제의 일치(tense agreement)이다. 주절(모문)과 종속절(내포문)에서 동사를 여럿 사용할 때 주절의 술어동사에 어울리는 시제로 종속절의 시제를 맞추어야 한다는 것이다. 이를 국문법의 용어로 절대시제라고 한다. 우리말에서는 주절의 과거시제에도 불구하고 종속절에 현재시제를 쓸 수 있는데, 이때 현재시제를 상대시제라는 개념으로 설명한다. 중문(접속문)의 경우에도 우리말에서는 마지막 술어동사와 앞에 나온 동사의 시제를 다르게 표기하는 것이 자연스러울 때가 있다.

■ **단/복수 표기를 유연하게**

시제의 일치 외에 주어의 단/복수 표기에 술어동사를 맞추는 것도 영문법에서 중요한 일치(subject−verb agreement)에 속한다. 하지만 이는 번역 시 별다른 어려움을 초래하지 않고, 오히려 주어의 단/복수 표기 자체가 한국어 표기와 달라 유의할 필요가 있다. 영어는 단/복수 표기를 꽤나 까다롭게 따지는 편인 데 반해, 한국어에서는 이 구분을 기계적으로 적용하지 않고 유연한 입장을 취하기 때문이다. 다만 이렇게 유연한 가운데서도 나름의 규칙성이 있으므로 잘 살펴볼 필요가 있다.

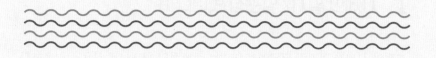

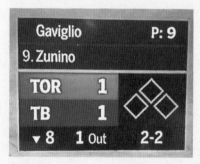
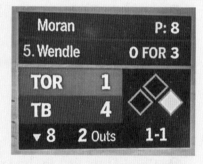

©김보원

메이저리그(MLB) 경기 중계 화면의 기록판으로, 좁은 공간에 가급적 많은 정보를
담기 위해 문자와 숫자, 도형을 최대한으로 압축하여 표기하고 있음을 알 수 있다.
흥미로운 것은 '1 Out'과 '2 Outs'의 대비이다. 문자와 숫자, 도형을 최대한으로 압
축하면서도 '1사'와 '2사'는 단/복수 구분을 엄격히 해서 '1 Out'과 '2 Outs'로 구분하
여 표기하고 있다. 거의 강박에 가까울 정도로 단/복수 표기를 구분하고 있음을 알
수 있다.

I. 시제의 일치/일관성 벗어나기

주절의 시제가 과거인 복문에서 영어는 종속절의 현재시제 사용을 허용하지 않는다. 하지만 한국어 표준어법에서는 이 경우 종속절의 시제를 기본형(현재형)으로 쓰고 주절의 시제에서 이를 명시하는 방식을 취하고 있으므로 번역 시 시제 일치를 기계적으로 따르지 않도록 해야 한다. 이 요령은 중문에서도 마찬가지이다. 등위접속사로 연결된 문장의 술어동사를 일치시키는 규칙을 시제의 일관성(tense consistency)이라고 하는데, 이 경우에도 우리말에서는 앞에서 기본형을 쓰고 마지막 동사에서 시제를 결정하는 방식으로 처리하는 것이 자연스럽다. 다만, 문장 전후의 호흡, 동사 사이의 물리적 거리에 따라 시제를 바꾸어 쓸 수도 있으므로 유연하게 판단해야 한다. 거꾸로 영어의 현재시제를 우리말의 과거시제로 번역해야 할 때도 있다.

❶ I thought she loved me.

* 전형적인 영어식 시제의 일치로, 이 문장을 '사랑했다고 생각했다'라고 하면 명백히 오역이다. 요컨대 한국어에서는 영어식 시제의 일치는 적용되지 않는다.

❷ The girl said that she had read the novel.

❶ 나는 그녀가 나를 **사랑한다고 생각했다.**

   * 같은 의미를 화법을 달리하여 쓴 다음 두 문장은 한국어로는 모두 정상적인 문장이
     다. 대명사가 바뀔 뿐 종속절의 시제는 변동이 없다.
     ① 그녀는 내게 "너를 사랑한다"고 말했다.
     ② 그녀는 내게 나를 사랑한다고 말했다.

❷ 소녀는 그 소설을 **읽었다고 말했다.**

   * 여기서 '읽었다'는 '말했다'보다 앞선 시점을 가리키며, '읽었었다'라고 할 수도 있다.
     일각에서는 '읽었었다'를 영어의 대과거를 한국어에 잘못 적용한 비문이라고 주장하
     기도 하나, 이는 잘못된 생각이다. 우리말에서는 현재와 비교하여 다르거나 단절되
     어 있는 과거의 사건을 나타낼 때 '했었다'라는 표현을 쓰며, 엄밀히 말해 이는 시제
     와는 약간 다른 개념이다.

❸ As soon as the communists were in power, Mao's government executed over a million people who still supported the Kuomintang.

* S. Wise Bauer, *The Story of the World 4: The Modern Age—from Victoria's Empire to the End of the USSR*. 동사의 시제를 전후 맥락 없이 기계적으로 번역하지 않도록 유의한다.

❹ They met together and decided that Giuseppe and the girl must be sent inland until the child was born, and they subscribed the money.

* E. M. Forster, "The Story of the Siren".

❺ He rejoined his regiment and three months later was killed.

* Somerset Maugham, "Louise".

❻ He tried to get up, but I motioned for him not to bother, took off my overcoat and started to look things over.

* William Carlos Williams, "The Use of Force".

❸ 공산당이 권력을 **잡자마자** 마오쩌둥 정부는 여전히 국민당을 **지지하는** 백만이 넘는 국민들을 **처형했다.**

> * 종속절의 술어동사인 were와 supported 모두 현재 시제에 해당하는 '잡자마자', '지지하는'으로 번역하지만 '처형했다' 때문에 과거형으로 받아들여진다.

❹ 그들은 함께 **만나** 아이가 **태어날** 때까지 주세페와 소녀를 육지로 보내기로 **결정하고** 성금을 **모았다.**

> * '모았다'가 앞의 동사(들)의 시제를 최종적으로 결정하고 있다.

❺ 그는 자기 연대로 **돌아갔고/돌아가** 석 달 후 **전사했다.**

> * 여기서는 과거형('돌아갔고')과 현재형('돌아가') 모두 수용 가능하다. '돌아갔고'로 하면 다음에 휴지(pause)가 있는 느낌을 주고, '돌아가'로 하면 문장 후반부와의 연속성(또는 전후 관계)이 강해진다. 앞뒤 문장과의 호흡을 감안하여 결정하면 된다.

❻ 그[아버지]가 일어나려고 **했지만/해서** 나는 그럴 필요가 없다고 **손짓을 하고는** 외투를 **벗고** 상황을 파악하기 **시작했다.**

> * 원문은 동사 네 개 모두 과거형이지만, 번역문에서는 과거형과 현재형을 적절하게 조절하여 쓰고 있다.

❼ Instead, I **stuck** with the accomplishments I **was** sure of: I **rode** my bicycle sitting backward on the handle bars, I **made** up poems, I **played** selections from Aïda on the piano.

* E. B. White, "Afternoon of an American Boy".

❽ Covid 19—The shop door **is closed** but we're here to serve you and your family.

❾ I **am married to** the sweetest man in the world, but he has some odd ideas when it comes to money.

❿ Ireland's agriculture minister **quits**, saying he had hurt efforts to fight the coronavirus pandemic by attending a social event.

* had hurt에서 보듯이 장관의 사임은 명백히 과거의 사실이지만, 이 사실을 극적인 현장감을 강조하기 위해 현재시제로 표기하였다. 이른바 '역사적 현재'(the historical present) 또는 '극적 현재'(the dramatic present)를 보여 주는 대표적 예문이다. 대개 특정한 서사, 언론 보도의 표제, 홍보문 등에서 사용한다.

❼ 그 대신 나는 내가 **자신 있는** 자랑거리들을 **고수했다**. 즉, 손잡이에 거꾸로 올라앉아 자전거를 **탄다거나**, 시를 **쓰고**, 또 〈아이다〉 발췌곡을 피아노로 **연주했다.**

* 콜론 전후로 중심이 되는 동사 두 개만 과거형으로 번역하고 나머지는 현재형으로 번역하였다.

❽ 코비드 19—가게 문은 **닫았지만** 우리는 귀하와 가족을 위해 여기서 근무 중입니다.

* 영어의 현재시제를 한국어 과거시제로 번역하는 독특한 사례이다. is closed 같은 구문을 '동작'보다는 '상태'에 주목한다고 해서 '상태수동'(stative passive)이라고 하는데, 상태수동의 번역에서 이런 번역 유형이 종종 발생한다.

❾ 저는 세상에서 가장 달콤한 남자와 **결혼했지만**, 그 사람은 돈 문제에서는 생각이 약간 독특합니다.

* 상태수동의 또 다른 예이다. am married를 '결혼했다' 말고 다른 적절한 표현으로 번역하기는 쉽지 않다. 하지만 여기서 '결혼했다'는 과거시제가 아니다.

❿ 아일랜드 농업부 장관이 사교행사 참석으로 인해 코로나바이러스 전염병을 퇴치하기 위한 노력에 피해를 주었다고 발표하고 **사임하였다.**

* 역사적 현재는 대개 현재시제로 번역하면 되지만, 여기서처럼 현재시제가 어색할 때는 과거로 바꾸어 번역해야 할 때가 있으므로 전후의 맥락을 잘 살펴야 한다.

II. '들' 덜 쓰기

영어의 단수, 복수 표기는 한국어에 비해 훨씬 엄격한 편이다. 즉 대다수 명사의 경우 '-(e)s' 표기로 복수의 개념을 나타내고, 이를 수식하는 관사나 지시형용사, 뒤에 오는 술어동사에도 이 개념이 반영된다. 하지만 한국어 번역에서는 영어의 복수 표기를 기계적으로 따를 필요가 없다. 우리말에서는 조사 '-들' 없이 다양한 방식으로 복수의 의미를 표현할 수 있기 때문이다. 수(數)의 표기 방식이 훨씬 유연하므로 복수형을 무시하고 단수로 옮겨도 무방한 경우가 많다. 수식형 구문을 서술형으로 바꾸어 번역하는 것도 '들'을 덜 쓰는 요령 중의 하나이다.

❶ I try to make my trips as short as possible.

❷ There are different opinions about whether examinations have some bad effects on both students and teachers.

❸ If I cut out coffee for the next two weeks I could manage well enough.

* Somerset Maugham, "The Luncheon".

❶ 나는 **여행**을 할 때마다 가능하면 빨리 돌아가려고 한다.

   * 단수의 '여행' 표기로도 번역에 아무런 문제가 없다. '할 때마다'를 덧붙여 간접적으로 복수의 의미를 살렸다.

❷ **시험이 학생들과 교사들**에게 뭔가 좋지 못한 **영향**을 미칠 수 있는지 여부에 대해서는 다양한 **의견**이 있다.

   * 굳이 분류하자면, '사람'과 관련된 말에서는 복수로 표기해도 어색하지 않지만, '사물'과 관련된 것은 단수로 바꾸는 것이 자연스럽다.

❸ **다음 2주** 동안 커피를 끊으면 충분히 견딜 만했다.

   * 특히 명사의 전후에 복수의 의미를 지닌 수식어—이른바 양수사(量數詞)—가 있을 경우 단수로 번역하는 것이 훨씬 자연스럽다.

❹ I have benefited from **suggestions, criticisms and comments from many colleagues** here and abroad.

❺ **Many parents** are ignorant of the computer **technologies** used by **their children.**

❻ As it happens we had been having **a number of cases of diphtheria** in the school to which this child went during that month.

* William Carlos Williams, "The Use of Force". case: (질병 등의) 환자.

❼ Researchers at the Scripps Research Institute and the International AIDS Vaccine Initiative (IAVI) report they have discovered two **powerful new antibodies** to HIV.

❽ A little colour came into the man's **cheeks.**

❹ 국내외 **수많은** 동료에게서 받은 제안과 비판, **논평이** 유익했다.

　* '수많은 동료에게서'가 뒤에 오는 명사의 복수 개념을 미리 지원(예고)하고 있어서
　　복수 표기를 할 필요가 없다.

❺ **자녀들**이 이용하고 있는 컴퓨터 **기술**에 무지한 **부모가 많다.**

　* '많은 부모'를 '부모가 많다'처럼 서술형 구문으로 전환하면 '들'을 쓰지 않고도 복수
　　의 의미가 자연스럽게 표현된다.

❻ 공교롭게도 이 아이가 다니는 학교에 그달에 **디프테리아에 걸린**
환자가 많았다.

　* 양수사 a number of를 한정적 용법에서 서술적 구문으로 바꾸어 번역하였다.

❼ 스크립스 연구소와 '국제에이즈백신계획'의 연구원들은 HIV에
대항하는 **강력한 새 항체 두 가지**를 발견했다고 보고하고 있다.

　* 명사를 수식하는 양수사를 '항체 두 가지'처럼 바꾸어 표현하면 훨씬 자연스러운 한
　　국어가 된다(예: 집 두 채, 책 세 권, 학생 네 명, 커피 다섯 잔 등).

❽ 남자의 **두 뺨**이 약간 불그레해졌다.

　* 원문에 없는 양수사를 추가하여 번역해도 괜찮은 문장이다. 영어는 hands,
　　cheeks, eyes라고 하지만, 우리말로는 '두 손', '두 뺨', '두 눈'이라고 쓰는 것이 훨
　　씬 익숙하다.

❾ I don't know why she didn't like my saying that. She gave me her plaintive smile and **her beautiful eyes** filled with tears.

* Somerset Maugham, "Louise".

❿ For some with COVID-19, symptoms can linger **for weeks, even months.**

Ⅲ. 명사 복수형의 의미 변경

영문법 책에는 복수형으로 쓸 수 없는 명사를 구분해 놓기도 하지만, 실제로는 거의 모든 명사가 복수형으로 표기된다. 다만 복수형으로 바뀌며 의미와 함의가 새롭게 생성되거나, 추상명사처럼 복수형이 되면서 구체적 실물을 지칭하는 경우에는 맥락에 맞게 이를 잘 챙겨야 한다.

❶ He tried to get up, but I motioned for him not to bother, took off my overcoat and started to **look things over.**

* William Carlos Williams, "The Use of Force".

❾ 내가 그런 말을 하는 것을 그녀가 왜 좋아하지 않았는지 알 수 없다. 그녀는 예의 애처로운 미소를 지었고 **예쁜 두 눈에** 눈물을 글썽거렸다.

* 원문에 있는 대명사 '그녀'(her)를 무시하고, '두'(two)를 추가해 넣은 독특한 번역 사례이다.

❿ 코비드-19에 걸리면 어떤 사람들은 증상이 **몇 주, 심지어 몇 달 동안** 갈 수도 있습니다.

* 이 경우도 역시 '몇'이란 수사를 추가하여 weeks와 months의 복수 표기를 대체하였다. for hours, for days, for years 등도 이렇게 번역할 수 있다.

❶ 그[아버지]가 일어나려고 했지만 나는 그럴 필요가 없다고 손짓을 하고는 외투를 벗고 **상황을 파악하기** 시작했다.

* 명사 복수형은 전혀 새로운 의미로 바뀌기도 한다. things는 여기서는 '사정', '상황'이지만 '물건', '소지품' 등을 가리키기도 한다.

❷ All during our ten years on the chicken farm he had worked as a laborer on neighboring farms and most of the money he had earned had been spent for **remedies** to cure chicken diseases.

* Sherwood Anderson, "The Egg".

❸ Afire with the showman's passion and at the same time a good deal disconcerted by the failure of his first effort, father now took the bottles containing **the poultry monstrosities** down from their place on the shelf and began to show them to his visitor.

* Sherwood Anderson, "The Egg".

❹ He was standing **with his arms folded**.

❺ There are scores of **sights and attractions** in the Official Hometown of Santa Claus — please find them listed below.

❻ He is old enough to taste the **sweets and bitters** of life.

❷ 양계장에서 보낸 십 년 내내 아버지는 이웃 농장에서 일꾼으로 일을 해야 했고, 아버지가 번 돈은 대부분 닭병을 치료하기 위한 **약**을 사는 데 들어갔다.

* 추상명사의 복수형은 구체적인 '실물'을 지칭하는 말로 번역해야 한다.

❸ 쇼맨의 열기로 달아오른 데다 또한 첫 번째 시도가 실패하는 바람에 상당히 당황한 아버지는 이제 **기형 닭들**이 들어 있는 병을 선반에서 내려 손님에게 보여 주기 시작했다.

* monstrosities: 복수형으로 '크고 흉물스러운 것'을 가리키는데, 여기서는 좀 더 구체적으로 '기형 닭들'을 가리킨다.

❹ 그는 **팔짱을 끼고** 서 있었다.

❺ 산타클로스의 공식 고향에는 수십 곳의 **관광명소**가 있습니다. 아래 목록에서 확인하시기 바랍니다.

* sights and attractions: 관광명소.

❻ 그는 인생의 **단맛과 쓴맛**을 다 맛볼 만한 나이가 되었다.

❼ A good writer gives you hints as to the outcome, and a good reader recognizes **these**, so that he half expects the ending before it is reached.

* Clifton Fadiman, "How to Read Short Stories".

❽ The period of expectation was now doubled. Four weeks were to pass away before her uncle and aunt's arrival. But **they** did pass away, and Mr. and Mrs. Gardiner, with their four children, did at length appear at Longbourn.

* Jane Austen, *Pride and Prejudice*. four weeks를 they로 표기하는 '일치의 강박'을 새삼 확인할 수 있다.

Ⅳ. 'one of 최상급 + 복수명사'의 번역

명사의 단/복수 표기와 관련하여 흥미로운 과제가 'one of the 최상급 + 복수명사'의 번역이다. 한국어에서 '가장'은 개념상 단수이지만, 영어로는 the happiest days of my life, the richest people in the town처럼 최상급을 집단—그 속에 구성 요소가 있는—으로 인식하는 것이 가능하기 때문이다. 이에 따라 그 구성 요소를 지칭할 때는 단/복수를 구분하는 관행에 따라 one of the happiest days of my life 같은 표현을 쓰는데, 이를테면 '행복', '부유', '효율' 등과 같이 특정한 단수를 지칭하기 어려운 경우에 이런 구문을 선호하는 경향이 있다. 번역 시에는 one of를 무시하고 최상급 표현만으로 옮기거나, 아니면 최상급에 버금가는 강조 부사로 바꾸어 쓰면 된다. 형용사 최상급의 번역은 5장에서 다시 설명한다.

❼ 훌륭한 작가는 결말에 대해 힌트를 주며, 훌륭한 독자는 **이를** 알아차리기 때문에 결말에 이르기 전에 반쯤은 예상하고 있다.

* 대명사의 복수형도 명사와 마찬가지로 '들'을 쓰면 한국어에서는 어색한 경우가 많다. 단수형으로 표기할 수 있으면 가급적 단수형으로 번역한다.

❽ 기다리는 시간이 이제 두 배로 늘어났다. 외삼촌과 외숙모가 도착하기까지는 4주가 지나야 했다. 그러나 그 **기간**도 지나갔고, 그제야 가디너 씨 부부는 아이 넷을 데리고 롱본에 모습을 나타냈다.

❶ He took us all out to dinner at **one of the best Chinese restaurants** in town.

❷ To be prepared for war is **one of the most effective means** of preserving peace.

* George Washington, "First Annual Address, to Both Houses of Congress". 1790. 1. 8.

❸ She is **one of the oddest creatures** I ever met.

* Thomas Hardy, *Jude the Obscure*. '특이하다'(odd)의 기준이 뭐냐고 따지면 대답이 곤란해진다는 점에서, '특이한 사람들 중의 한 사람'으로 '정직하게'(또는 정확하게) 표현한 것으로 볼 수 있다.

❹ He is **one of the tallest students** in his class.

* the tallest students는 한국어 어법상 명백한 비문이지만 영어에서는 이런 표현을 종종 사용한다.

❶ 그는 저녁 식사에 우리 모두를 시내에 있는 **최고급 중국식당**에 데리고 갔다.

 * 한국어로 '최고급 중국식당'이라고 하면 당연히 그런 몇몇 고급 식당 중의 하나라고 생각하게 마련이다.

❷ 전쟁을 대비하는 것이 평화를 지키는 **가장 효과적인 수단**이다.

 * 역설법(paradox)을 활용한 경구로, one of를 아예 무시하고 '가장'이라고 해도 오역으로 비난할 여지는 없다.

❸ 그녀는 지금까지 내가 만나 본 사람들 중에서 **대단히 특이한** 사람이에요.

 * 아예 one of를 무시하고 이렇게 최상급 의미에 가까운 강조부사(아주, 심히, 매우, 대단히, 몹시, 굉장히, 사뭇 등)를 사용하는 것도 괜찮은 방법이다.

❹ 그는 반에서 **키가 아주 큰 편에 속한다.**

❺ TAIPEI 101 is famous for being one of the tallest buildings in the world, but that will be the least important reason why you want an office here. "This is because TAIPEI 101 is simply the best building in Taiwan, period."

* happiest days나 best restaurants 같은 표현은 납득이 된다 해도, the tallest buildings in the world라는 복수형 어구는 오류인 것처럼 보인다. 단수형으로 써야 할 것 같기 때문이다. 하지만 실제로 많이 사용하고 있고, 심지어 Wikipedia에는 'list of tallest buildings'란 표제어도 쓰고 있다.

❻ The effective use of time is one of the ultimate ways to display authority, even when you don't have it.

❼ President Obama hosted President Juan Manuel Santos of Colombia in the White House this week to celebrate the imminent signing of a peace agreement that could end one of the longest-running conflicts in history.

* *New York Times*, 2016. 2. 5.

❺ '타이베이 101'은 세계 **최고층** 건물로 유명하지만, 그 점은 이곳에 사무실을 얻어야 할 이유로는 지극히 하찮은 것에 불과하다. "그 이유는 '타이베이 101'이 논란의 여지없이 타이완 최고의 건물이기 때문이다. 끝."

> * period: 문장 마지막의 period는 부사로 사용되었고, 어떤 문장의 끝에서 앞의 내용을 (마치 단언하듯이) 강조하기 위해 덧붙이는 방식으로 사용한다. 영어로는 실제로 (힘을 주어) '피리어드'라고 읽는데, 번역에서는 여기서처럼 '끝'이라고 하거나 다른 강조 의미의 부사를 활용하면 된다.

❻ 시간을 효율적으로 사용하는 것은 권위를 과시하는 **최고의 방편으로,** 심지어 권위가 없을 때도 마찬가지이다.

❼ 오바마 대통령은 이번 주 **역사상 최장기 분쟁 중의 하나**를 종식시킬 수 있는 평화협정의 서명을 앞두고 이를 축하하기 위해 콜롬비아의 후안 마누엘 산토스 대통령을 백악관에 초대하였다.

> * '최장기 분쟁 중의 하나'는 개념상 모순이지만 영어로는 가능한 표현인데, 이 경우는 직역을 하지 않고는 번역이 쉽지 않다. 좀 더 깔끔하게 하자면 '최장기 분쟁 하나' 정도로 다듬을 수 있겠다. 번역투의 표현 '가장 ~한 것 중의 하나'의 문제점을 짚은 글로는 다음 칼럼을 참조하기 바란다.

■ '가장'은 하나다

예컨대 '동대문 시장은 생명체와 같아서 서울에서 가장 활기 있는 곳의 하나다'는 자신이 있으면 '동대문 시장은 생명체와 같아서 서울에서도 가장 활기찬 곳이다'라고 하든지, 아니면 '동대문 시장은 생명체와 같아서 서울에서도 무척 활기찬 곳의 하나다' 정도로는 가다듬어야 한다는 말이다.

출처: 최인호(2006). "'가장'은 하나다". 한겨레. 2006. 3. 9.
http://www.hani.co.kr/arti/PRINT/107702.html

5장

형용사의 변신

·
·
·

■ 품사 전환의 중요성

"He is rich." 이 문장은 한국어로 "그는 부자다."로 옮겨야 한다. 형용사를 명사로 전환해야 올바른 번역이 가능한 셈인데, 각각의 언어는 특정한 표현에 특별히 선호하는 어형이 있다는 사실을 새삼 확인할 수 있다. 요컨대 품사 전환의 요령은 훌륭한 번역을 위한 기본 요건이다.

■ 형용사의 품사 전환

품사 전환의 필요성은 모든 단어에 두루 해당하지만, 형용사는 사용 빈도가 높거니와 번역에서 품사 전환의 필요성이 특히 두드러진다. 일반적으로 형용사는 명사를 수식하거나 서술부의 보어로 사용하는데, 영한번역에서는 명사나 부사로 전환하면 자연스러운 번역이 되는 경우가 많다.

■ 한정적 용법과 서술적 용법의 교환

영문법에서는 형용사의 용법으로 한정적 용법과 서술적 용법을 구분하지만 번역에서는 여기에 너무 얽매일 필요가 없다. 번역문을 자연스럽게 만들 수 없는 경우에는 두 가지 용법을 서로 바꾸어 보면 문제가 해결되는 때가 종종 있다.

■ 형용사 상당어구의 번역

명사나 대명사의 소유격이나 현재분사, 과거분사 등 형용사에 준하는 역할을 하는 단어들도 마찬가지이다. 이들도 형용사와 마찬가지로 명사나 부사로 전환하여 번역하거나, 한정적 용법과 서술적 용법을 서로 바꾸어 번역하면 훨씬 자연스러운 번역문을 만들 수 있다.

'국제연합교육과학문화기구'와 '유네스코한국위원회'의 한영 표기를 대조해 보면, 형용사와 명사를 활용하는 방식이 한국어와 영어에서 얼마나 다른지 한눈에 알 수 있다.

그림 출처: https://www.unesco.or.kr

I. 형용사를 명사로 전환

앞에서 든 '부자'(rich)의 예처럼 특정 표현에서 명사형을 선호하는 한국어의 특성이 있기도 하지만, 많은 경우 한정적 용법의 형용사를 명사로 전환하여 번역하면 자연스러운 우리말이 만들어진다. 무엇보다도 영어에 비해 한국어에서는 명사의 연속 사용(또는 복합명사의 활용)이 어색하지 않기 때문이다.

❶ The old law of "an eye for an eye" leaves everybody blind. It is immoral because it seeks to humiliate the opponent rather than win his understanding.

* Martin Luther King, Jr., "Three Ways of Meeting Oppression".

❷ Although a huge amount of papers were written on social problem, there is no universal definition of social problem.

❸ How literal must a literary translation be?

* literal: 문자 그대로의, (번역에서) 직역의. literary: 문학의, 문학적인.

❹ The industrial output of the region jumped by an annualised rate of 89%.

❶ "눈에는 눈"이라는 옛 율법은 모든 사람을 **시각 장애인**으로 만들고 맙니다. 그것이 비도덕적인 것은 적의 이해를 구하려 하기보다 적을 굴복시키려 하기 때문입니다.

❷ **사회 문제**를 다룬 논문의 양은 엄청나지만 **사회 문제**라는 말에 관한 보편적 정의는 없다.

 * 접미사 '적'의 사용을 줄여야 한다고 주장하는 국어연구자들이 많다. '적'은 일부 명사 뒤에 붙어 '그 성격을 띠는', '그에 관계된'의 의미를 더하는데, '사회적 문제/사회 문제'의 비교에서 보듯이 줄일 수 있다면 줄이는 것이 훨씬 낫다.

❸ **문학 번역**은 얼마나 원문에 충실해야 하는가?

 * literary translation을 '문학적 번역'이라고 하면 어색한 정도가 아니라 명백한 오역이 됨을 알 수 있다.

❹ 그 지역의 **산업 생산**이 연간 89퍼센트 증가했다.

❺ Their discoveries could not have happened unless centuries of technological development.

❻ Western politicians should brace themselves for more talk of economic power drifting inexorably to the East. How has Asia made such an astonishing rebound?

* astonishing rebound: 여기서는 경제 침체로부터의 반등을 가리킴.

❼ Western populists will no doubt once again try to blame their own sluggish performance on "unfair" Asia.

* sluggish performance: (경제에서) 부진한 실적. sluggish와 unfair 모두 명사로 전환하는 요령을 찾아보자.

❽ A budget increase will make higher wages possible by the end of the third quarter.

❾ The main effect of fewer births would be a shrinking tax base.

* tax base: 과세표준.

❺ 수백 년에 걸친 **기술 발전**이 없었더라면 그들의 발견은 있을 수 없었을 것이다.

> * their discoveries에서 their가 발견의 주체인지 대상인지 이 문장만으로는 알 수 없으므로 글의 전후 맥락에 맞게 보완이 필요할 수도 있다.

❻ **서구 정치가들**은 **경제 권력**이 거침없이 동양 쪽으로 흘러가고 있다는 사실에 대해 더 많은 논의를 할 수 있도록 각오를 단단히 해야 할 것이다. 아시아는 어떻게 그토록 놀라운 반등을 이루어 낸 것일까?

❼ 서구의 대중영합주의자들은 틀림없이 자신들의 **실적 부진**을 또 **아시아의 "불공정" 탓**으로 돌리려고 할 것이다.

❽ 예산 증가 덕분에 3분기 말까지는 **임금 인상**이 가능할 것이다.

❾ **출산율 감소**의 주된 결과는 **과세표준의 축소**가 될 것이다.

⑩ There was a lot of talk about suing Toyota for **the defective seat belt and air bag.**

II. 형용사를 부사로 전환

형용사와 부사는 단어 형태가 유사하듯이 활용에서도 자유롭게 호환이 가능하다. 형용사의 부사 전환은 수식을 받는 명사가 형용사나 부사 또는 동사로 바뀌어 번역되면서 자연스럽게 앞의 형용사가 부사로 전환되는 경우가 대부분이다.

❶ By the end of February, there was **a sharp increase** in the number of confirmed cases of coronavirus in mainland China.

* confirmed cases: (질병에서) 확진자.

❷ My husband and I have some **fundamental** disagreements on the economy.

❸ Only wealthy medieval people took **regular** baths.

❹ The mayor ordered **a thorough preparation** to minimize the damage of the coming typhoon.

⑩ **안전벨트와 에어백의 결함**으로 토요타를 고소해야 한다는 이야기가 많았다.

❶ 2월말 경 중국 본토에서는 코로나바이러스 확진자 수가 **급격히 늘어났다.**

❷ 남편과 나는 경제에 대한 생각이 **근본적으로** 다르다.

❸ 중세에는 부자들만 **정기적으로** 목욕을 했다.

❹ 시장은 다가올 태풍의 피해를 최소화하기 위해 **철저히 대비하라**는 지시를 내렸다.

❺ I am not in the habit of accepting food from complete strangers.

❻ To arrest the culprit, the police searched the entire scene of incident.

❼ There he shivered in momentary discomfort, and suddenly set off in a wild flight to the parlour.

* D. H. Lawrence, "Adolf".

❽ His heart beat with unusual rapidity and violence; he felt sick.

❾ He had simply taken advantage of Polly's youth and inexperience: that was evident. The question was: What reparation would he make?

* James Joyce, "The Boarding House".

❿ His head was on his paws, and he glanced drowsily here and there with the constant vigilance of a dog that is kicked on occasion.

* Stephen Crane, "The Bride Comes to Yellow Sky".

❺ 나는 **전혀 모르는 사람**이 주는 음식은 받지 않는 편이다.

❻ 범인을 체포하기 위해 경찰은 사건 현장을 **샅샅이** 뒤졌다.

❼ 그는 **잠시 불편한 듯** 몸을 부르르 떨더니 갑자기 거실 쪽으로 미친 듯이 달려갔다.

❽ 그는 심장이 **전에 없이 빠르고 심하게** 뛰었고 속이 메스꺼웠다.

❾ 그는 순전히 폴리가 어리고 경험이 없다는 점을 이용했던 것이고, 그건 분명한 사실이었다. 문제는 **어떻게 보상할 것이냐**였다.

❿ 그[개]는 머리를 앞발에 올려놓고, 이따금 발길에 채는 개가 **늘 경계하듯이** 졸린 눈으로 이쪽저쪽을 바라보고 있었다.

⑪ An exquisite perfume lingered in the air behind them. He breathed it greedily and his heart began to beat **with unaccustomed violence.**

* Aldous Huxley, "Half-Holiday".

⑫ Throughout the five weeks of **unremitting search**, the police had held to one theory — suicide.

* theory: 추측, 추정.

⑬ She was talkative, but since she seemed inclined to talk about me I was prepared **to be an attentive listener.**

* Somerset Maugham, "The Luncheon".

Ⅲ. 형용사에 준하는 소유격과 분사의 전환

한정적 용법의 형용사처럼 명사를 수식하는 데 활용되는 소유격 명사나 현재분사, 과거분사 역시 주격 명사나 부사, 동사 등으로 전환하면 훨씬 자연스러운 번역문이 된다.

❶ **China's economy** probably slowed more sharply in late 2008 than **the official numbers** suggest.

⓫ 근사한 향수 냄새가 그들의 뒤쪽 허공에 남아 있었다. 그는 탐욕스럽게 향수 냄새를 들이마셨고 심장이 **평소와 달리** 뛰기 시작했다.

⓬ 5주간에 걸쳐 **끈질기게 수사를 했지만**, 경찰 당국은 자살이라는 한 가지 추정에만 매달려 있었다.

⓭ 그녀는 수다스럽기는 했지만 내 이야기를 하고 싶어 하는 눈치였기 때문에 나는 **신경을 써서 들을** 준비가 되어 있었다.

❶ **중국 경제**는 2008년 후반에 아마도 **공식 수치**에 나타난 것보다 더 심한 침체를 겪었을 것이다.

* slow를 구어체 동사로 활용한 문장인데, 이 역시 동사를 명사로 전환하면 훨씬 자연스러운 번역이 된다.

❷ Louise's health forced her to spend the winter at Monte Carlo and the summer at Deauville.

* Somerset Maugham, "Louise".

❸ Oddly enough more than one young man showed himself quite ready to undertake the charge and a year after Tom's death she allowed George Hobhouse to lead her to the altar.

* Somerset Maugham, "Louise".

❹ The third way open to oppressed people in their quest for freedom is the way of nonviolent resistance.

* Martin Luther King, Jr., "Three Ways of Meeting Oppression".

❺ We ordered steamed Galbi for lunch and it was very delicious.

❻ President Obama cited the incident while announcing proposals for increased gun control.

❼ The increasing sales will also cause the production costs to decrease.

❷ **루이즈는 건강 때문에** 겨울은 몬테카를로에서 여름은 도빌에서 지내야 했다.

❸ 희한하게도 그 짐을 지겠다고 나타난 젊은이는 여럿 있었고, **탐이 죽고 일 년 뒤** 그녀는 조지 홉하우스의 청혼을 받아들였다.

❹ 자유를 갈구하는 **피압제자들** 앞에 놓인 세 번째 방안은 **비폭력저항**의 길입니다.

❺ 우리는 점심으로 **갈비찜**을 주문했는데 정말 맛있었다.

❻ 오바마 대통령은 그 사건을 인용하면서 **총기 규제 강화**를 위한 제안서를 발표하였다.

❼ **판매 증가**에 따라 생산비 또한 감소할 것이다.

8 When I entered into the age of 70s, I seriously felt **a failing eyesight.**

9 President Moon has also pledged to shut down 10 **aged coal-fired power plants** by 2022.

10 The thought added to his **growing** dislike of B. M.

* Virginia Woolf, "The Legacy".

11 The shootings prompted **renewed** debate about gun control in the United States.

IV. 한정적 용법과 서술적 용법의 교환

한정적 용법과 서술적 용법을 기계적으로 따르지 말고 서로 바꾸어 번역하는 유연성을 발휘하면 훨씬 자연스러운 우리말이 만들어진다. 특히 한정적 용법을 서술적 용법으로 풀어내야 할 때가 많다.

1 She always has **a cheerful character** and fits in well with others.

* 한국어 특유의 이중주어를 활용한 번역이다.

❽ 나이가 70세로 접어들었을 때 나는 심각한 **시력 감퇴**를 느꼈다.

❾ 문 대통령은 또한 **노후 석탄화력 발전소** 10기를 2022년까지 폐쇄
키로 약속했다.

❿ 그 생각을 하니 그는 B. M.이 **점점 더** 싫어졌다.

⓫ 총격 사건으로 말미암아 미국 내 총기 규제에 대한 논쟁에 **다시**
불이 붙었다.

❶ 그녀는 늘 **성격이 밝아서** 다른 사람들과 잘 어울린다.

❷ The houses had to be built closely together **due to limited space.**

❸ They also expect **heavier fiscal burdens,** with governments providing for more pensioners from **a smaller tax base.**

❹ I am married to the sweetest man in the world, but he has **some odd ideas** when it comes to money.

❺ I had a **disturbed sleep** last night because of the neighbor's party.

❻ "When a woman has five grown up daughters, she ought to give over thinking of her own beauty."

* Jane Austen, *Pride and Prejudice*.

❼ There was a lot of talk about suing Toyota for the defective seat belt and air bag.

❽ Although a **huge amount of papers** were written on social problem, there is no universal definition of social problem.

---

❷ **공간이 비좁다 보니** 주택을 다닥다닥 붙여서 지어야 했다.

❸ 그들은 또한 정부가 **과세표준이 줄어든 상황에서** 더 많은 연금수급자를 부양해야 하기 때문에 **재정부담이 늘어날 것**으로 예상한다.

❹ 저는 세상에서 가장 달콤한 남자와 결혼했지만, 그 사람은 돈 문제에서는 **생각이 약간 독특합니다.**

❺ 나는 어젯밤 옆집 파티 때문에 **잠을 설쳤다.**

❻ "여자가 **장성한 딸이 다섯이나** 되면, 자기 미모 생각은 그만둬야죠."

　* 수나 양의 표기에서 특히 한정적 수사를 서술적으로 풀어 놓으면 자연스러운 우리말이 된다.

❼ 안전벨트와 에어백의 결함으로 토요타를 고소해야 한다는 **이야기가 많았다.**

❽ 사회 문제를 다룬 **논문의 양은 엄청나지만** 사회 문제라는 말에 관한 보편적 정의는 없다.

❾ People are always afraid that they will be perceived as weak.

* rich를 '부자'로 바꾸듯이, weak 뒤에 적절한 명사가 있다고 가정하고 한정적으로 번역하면 훨씬 자연스러운 표현이 만들어진다.

❿ He was not wicked, that unfortunate millionaire in the parable, he was only stout.

* E. M. Foster, "My Wood".

⓫ Under the Crosskeys Bridge in Lincolnshire, England, farmland stretches flat and green and the River Nene lies brown and shallow.

V. 형용사 최상급의 처리

형용사 최상급의 번역이 우리말로 어색할 때가 많다. '가장', '최고의'라는 표현으로는 해결되지 않는 경우가 있기 때문이다. 영어의 '최상급'은 종종 문자 그대로 '최상'이라기보다 강조구문의 한 형태로 기능할 때가 있는데, 이때는 적절한 부사어를 써서 강조 표현으로 전환하면 자연스러운 번역이 된다.

❾ 사람들은 **자신이 약한 사람**으로 보일까 봐 항상 두려워한다.

❿ (성서의) 비유에 나오는 그 운 나쁜 백만장자, 그는 **나쁜 사람**이 아니었다. 그저 몸이 뚱뚱했을 뿐이다.

⓫ 잉글랜드 링컨셔의 크로스키즈 다리 아래로는 **초록의 농지가 평평하게 뻗어 있고 갈색의 넨강이 야트막하게 흐른다.**

* flat and green, brown and shallow에서 보듯이 두 번 모두 서술적 용법의 형용사가 열거되어 있다. 직역으로는 자연스러운 문장을 만들 수 없어 '초록의 농지', '갈색의 넨강'이란 한정적 용법으로 변화를 주어 번역했다. 이 정도면 번역을 넘어 창작에 가깝다.

❶ He looked about him with the strangest air — an air of wondering pleasure, as if he had some part in the things he admired — and he pulled off a rough outer coat, and his hat.

* Charles Dickens, *Great Expectations*.

❷ "I've told him that I hate Jews, that I think he's ugly and stupid and tactless and impertinent and boring. But it doesn't seem to make the slightest difference."

* Aldous Huxley, "Half-Holiday".

❸ That innate love of melody, which she had inherited from her ballad-singing mother, gave the simplest music a power over her which could well-nigh drag her heart out of her bosom at times.

* Thomas Hardy, *Tess of the d'Urbervilles*.

❹ Did these prejudices prevail only among the meanest and lowest of the people, perhaps they might be excused, as they have few, if any, opportunities of correcting them by reading, traveling, or conversing with foreigners; but the misfortune is, that they infect the minds, and influence the conduct even of our gentlemen.

* Oliver Goldsmith, "On National Prejudices".

❶ 그는 **무척 이상한 태도로** 주변을 둘러보고는 투박한 외투와 모자를 벗었다. 자신이 경탄해 마지않는 것들에 마치 모종의 자기 몫이라도 있는 듯 놀라워하고 기뻐하는 모습이었다.

> * 번역이 만만찮은 구문이다. 이 정도면 두 문장으로 나누어 번역하는 시도도 허용된다.

❷ "내가 말했거든, 난 유대인이 싫고 또 그가 못생기고 멍청하고 요령도 없고 뻔뻔하고 지겹다고 했어. 그런데도 **도대체 아무 소용이 없는 것 같아.**"

❸ 노래를 좋아하는 그 천성은 민요를 부르는 어머니에게서 물려받은 것이어서, 가끔 **아주 단순한 가락조차도** 그녀에게는 거의 가슴 깊숙한 곳까지 스며드는 감동을 자아냈다.

❹ 이런 편견이 **지극히 생각이 짧은 맨 밑바닥 서민들**에게만 퍼져 있다면 혹시 용납이 될지도 모른다. 그들은 독서나 여행 또는 외국인들과의 대화를 통해 스스로를 교정할 기회가 거의 없기 때문이다. 하지만 유감스럽게도 그런 편견은 심지어 우리 신사계급의 생각을 오염시키고 행동에까지 영향을 미친다.

❺ "The next time the Syrians use their air-defense systems against our planes, we will destroy them **without the slightest hesitation**," Defense Minister Avigdor Lieberman said on March 19.

❻ But if you look for a companion, be careful in choosing! And be careful of what you say, **even to your closest friends**! The enemy has many spies and many ways of hearing.

* J.R.R. Tolkien, *The Lord of the Rings*.

❼ He put words into Richard's mouth, and wouldn't stop asking **the most irrelevant question**.

* put words into somebody's mouth: (누군가) 하지도 않은 말을 했다고 우기다.

❽ "**I have not the smallest objection** to explaining them," said he, as soon as she allowed him to speak.

* Jane Austen, *Pride and Prejudice*.

❺ "시리아군이 다음번에도 우리 항공기를 표적으로 그들의 방공망을 이용한다면 우리는 **한 치의 망설임도 없이** 그들을 파괴할 것"이라고 아비그도르 리버만 국방장관이 3월 19일 발표했다.

❻ 하지만 동행을 찾으려 한다면 잘 골라야 하네. 그리고 말조심을 단단히 하게, **아무리 친한 친구라도 말이야.** 적은 이미 많은 첩자와 정탐꾼을 풀어놓았네.

❼ 그는 리처드가 하지도 않은 말을 했다고 우기고 **전혀 관계없는 질문을** 퍼부어 댔다.

❽ "**그 점에 대해서는 기꺼이 설명드리지요.**" 그녀가 말할 기회를 주자 그가 말했다.

6장

문장 부호의 번역

●
●
●

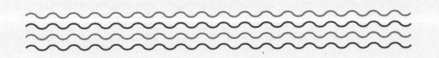

■ 영어는 문장 부호를 많이 사용하는 언어

영어는 한국어보다 문장 부호의 사용 빈도가 높다는 것이 연구자들의 공통적인 생각이다. 쉼표(comma)나 따옴표(quotation marks)처럼 한국어와 동일한 부호도 있지만 세미콜론(semicolon)이나 이탤릭체, 대/소문자 구분처럼 한글에서는 쓰지 않는 표기도 있다. 이럴 경우 한국어에 없는 문장 부호는 다른 부호로 대체하거나, 구문이나 어구를 변경 또는 추가하여 부호의 의미를 살릴 수 있다.

■ 문장 부호의 용도가 다른 경우

동일한 문장 부호라도 용도가 다른 경우가 있다. 영어의 콜론(colon)은 한국어의 '쌍점'에 해당하지만 용도가 많이 다르며, 따옴표도 두 언어 모두 대화의 전달이나 어구의 인용 및 강조를 위해 사용하지만 어떤 경우에는 전혀 다른 용도로 사용하기 때문에 의미를 잘 살펴서 번역해야 한다.

■ '한글 맞춤법'의 문장 부호를 따로 공부해야

현행 '한글 맞춤법'의 부록에는 21개의 문장 부호가 설명되어 있다. 맞춤법의 일반 사항은 웬만큼 알고 있다 하더라도 문장 부호는 본격적으로 공부하지 않는 경우가 많은데, 훌륭한 번역을 위해서는 영어와 한국어에서 문장 부호의 역할이 얼마나 같고 또 다른지 제대로 공부할 필요가 있다.

PUNCTUATION MARKS

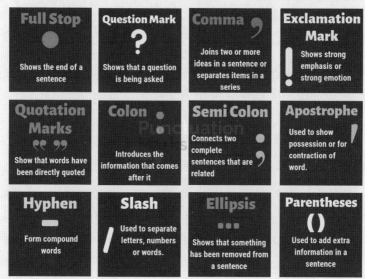

Full Stop ●	Question Mark ?	Comma ,	Exclamation Mark !
Shows the end of a sentence	Shows that a question is being asked	Joins two or more ideas in a sentence or separates items in a series	Shows strong emphasis or strong emotion
Quotation Marks " "	Colon :	Semi Colon ;	Apostrophe '
Show that words have been directly quoted	Introduces the information that comes after it	Connects two complete sentences that are related	Used to show possession or for contraction of word.
Hyphen —	Slash /	Ellipsis ...	Parentheses ()
Form compound words	Used to separate letters, numbers or words.	Shows that something has been removed from a sentence	Used to add extra information in a sentence

그림 출처: https://punctuationmarks.org

I. 세미콜론(semicolon)

세미콜론은 사용 빈도가 높은 문장 부호지만 우리말에는 없는 부호이기 때문에 주의를 요한다. 병렬 구문의 단순한 나열, 두 문장의 긴밀한 연관 관계, 시간의 흐름이나 정도·단계의 변화, 인과관계의 표시 등이 세미콜론의 역할이다. 따라서 적절한 종결어미를 쓰거나 연결어나 부사어의 첨가를 통해 각각의 의미를 살려 주어야 한다. 휴지(pause)의 무게로 따지면 세미콜론은 쉼표(comma)와 마침표(period)의 중간쯤에 해당하며, 번역 시에는 가독성을 판단하여 한 문장으로 통합하거나 두 문장으로 분리하면 된다. 예전 '한글 맞춤법'에서는 이 부호를 '쌍반점'이란 이름으로 사용한 적이 있으나, 1988년 개정 이후 문장 부호에서 제외하고 있다.

❶ If you are young, the character may be **old**; if you are poor, he may be **rich**; if you are farm-bred, he may be from a **city**; and so forth.

* Clifton Fadiman, "How to Read Short Stories". 병렬 구문의 열거로, 세미콜론을 쉼표로 전환하기만 하면 한 문장으로 번역할 수 있다.

❷ Even if I had attempted to dine her, I don't believe it would have been **possible**; the emotional strain of the afternoon had caused me to perspire uninterruptedly, and any restaurant would have been justified in rejecting me solely on the ground that I was too moist.

* E. B. White, "Afternoon of an American Boy".

❶ 당신이 젊으면 인물은 **나이가 많고**, 당신이 가난하면 인물은 **부자이고**, 당신이 농촌 출신이면 인물은 **도시 사람이라는** 이야기 등등.

* 이 문장은 쉼표가 너무 많기 때문에 구문상의 혼란을 방지하기 위해 세미콜론을 사용한 것으로 볼 수 있다.

❷ 그녀와 식사를 하려고 했더라도 가능했을 것 같지 않다. **왜냐하면** 그날 오후 나는 정신적 긴장을 한 탓에 쉬지 않고 땀을 흘렸고, 또 어떤 식당이든 그저 땀을 너무 많이 흘린다는 이유만으로도 당연히 나를 쫓아냈을 것이기 **때문이다.**

* 세미콜론 전후의 두 문장이 명확한 '인과관계'에 있으므로, 문장의 길이를 감안할 때 두 문장으로 분리하면 가독성이 훨씬 높아진다.

❸ Occasionally, Father would discover I was poring over a book he regarded as trash or worse. But he never stopped me; he just asked my opinion of it after I'd finished.

* Philip Wylie, "The Making of a Man".

❹ It was a bit of fun to them, as it would be to an English crowd; besides they wanted the meat.

* George Orwell, "Shooting an Elephant". 세미콜론은 대개 연결사의 역할을 대신하지만, 의미를 분명하게 밝히기 위해 이렇게 연결사(besides)를 쓰는 경우도 많다.

❺ The people expected it of me and I had got to do it; I could feel their two thousand wills pressing me forward, irresistibly.

* George Orwell, "Shooting an Elephant".

II. 콜론(colon, 쌍점)

콜론은 세미콜론만큼 사용빈도가 높은 문장 부호로 예시, 열거, 동격, 강조, 보충, 부연 설명, 인용 등의 역할을 하므로, 번역 시 그 의미를 잘 살려야 한

❸ 이따금 아버지는 당신이 쓰레기만도 못하다고 여기는 책을 내가 열심히 읽고 있는 것을 목격하곤 하셨다. 하지만 아버지는 독서를 금하지는 않으셨고, **다만** 내가 책을 다 읽은 뒤에 내 생각이 어떤지 묻기만 하셨다.

* 세미콜론 전후의 문장이 '밀접한 관계'에 있는 경우인데, 이 경우의 세미콜론은 역접의 부사 however를 대신하는 역할에 가까우므로 이렇게 어구를 보충하여 번역하는 것도 가능하다.

❹ 영국인 군중들과 마찬가지로 그들에게도 그것은 약간의 구경거리였고, **게다가** 그들은 (코끼리) 고기까지 원했다.

❺ 사람들이 내게 그것을 기대하고 있어서 나는 그렇게 할 수밖에 없었고—2천의 의지가 불가항력으로 나를 압박하고 있다는 것을 감지하였다.

* 뒷문장이 앞문장에 대한 부연 설명에 해당하는 경우로, 이때는 우리말 문장 부호의 줄표(—)를 활용하는 것도 고려할 만하다. 쉼표보다 좀 더 강한 휴지의 느낌을 준다.

다. 우리말에 '쌍점'이라는 동일한 문장 부호가 있으나 표제의 설명, 시간의 표시 등 기능이 다르므로 문장 속 콜론은 절대로 쌍점으로 표기해서는 안 된다. 콜론은 세미콜론과 마찬가지로 쉼표와 마침표의 중간쯤에 해당하는 휴지의 무게를 지니므로, 가독성을 판단하여 한 문장으로 통합하거나 두 문장으로 분리하면 된다.

❶ He could not make out a single word; but there could be only one interpretation: the scoundrel had asked her to become his mistress.

* Virginia Woolf, "The Legacy".

❷ He knows the awful approach behind him: bullet or stoat.

* D. H. Lawrence, "Adolf". 여기서 콜론의 역할은 앞의 the awful approach의 내용에 대한 '예시'이므로, 문장 내 삽입으로 처리할 수 있다.

❸ Instead, I stuck with the accomplishments I was sure of: I rode my bicycle sitting backward on the handle bars, I made up poems, I played selections from Aïda on the piano.

* E. B. White, "Afternoon of an American Boy". 여기서 콜론은 '열거'의 기능을 수행하므로, 가독성을 감안할 때 두 문장으로 분리하는 것이 자연스럽다.

❶ 그는 한 글자도 알아볼 수 없었지만, **그 악당 같은 녀석이 그녀에게 자기 정부가 되어 줄 것을 요구했다는 사실** 말고는 달리 해석할 방도가 없었다.

  * 콜론 이하의 내용은 앞의 interpretation에 대한 '부연 설명'에 해당한다. 문장이 길지 않으면 이와 같이 그 내용을 앞 문장 속에 삽입하여 처리하면 된다.

❷ 그는 **총알이든 담비든** 자기 등 뒤로 끔찍한 놈이 다가오고 있다는 것을 알고 있다.

❸ 그 대신 나는 내가 자신 있는 자랑거리들을 고수했다. **즉, 손잡이에 거꾸로 올라앉아 자전거를 탄다거나, 시를 쓰고, 또 〈아이다〉 발췌곡을 피아노로 연주했다.**

❹ When Father remarried, and two more children soon arrived, we also learned and were frequently required to perform — every household art: cooking, laundering, ironing, bed-making, vacuuming, baby-tending.

* Philip Wylie, "The Making of a Man". 여기서 콜론은 '열거'의 기능을 수행하므로, 이 경우는 문장 속에 삽입하는 것이 자연스럽다.

❺ But even fallen, his white feather floats. Even in death it seems to say: "I am the meek, I am the righteous, I am the rabbit. All you rest, you are evil-doers, and you shall be *bien emmerdés!*"

* D. H. Lawrence, "Adolf".

Ⅲ. 따옴표(quotation marks)

따옴표의 기본 용법은 직접화법의 표기나 어구의 인용 또는 강조, 책이나 영화 등의 제목 표기 등 한국어와 크게 다르지 않기 때문에 번역에 큰 부담이 없다. 다만 따옴표를 가장 많이 사용하는 직접화법에서 종종 피전달문을 두 문장으로 나누고 그 중간에 화자 표기—이를테면 'she said,' 같은—를 넣을 때가 있는데, 번역 시에는 특별한 경우를 제외하고는 피전달문을 한 문장으로 통합해도 무방하다. 또한 한국어와 달리 영어에서는 직접화법 구문에서 피전달문의 중간에 단락 분리를 하는 경우가 종종 있다. 이 경우 영어에서는 단락을 시작할 때마다 시작 따옴표(")를 쓰고 종료 따옴표(")는 맨 마지

❹ 아버지가 재혼을 하고 곧 두 명의 아이가 더 태어났을 때, 우리도 **갖가지 가사노동, 즉 요리, 세탁, 다림질, 침대 정리, 청소, 아기 돌보기** 등을 익히고 또 수시로 해내야 했다.

❺ 하지만 심지어 추락하면서도 그의 하얀 깃털은 공중으로 떠오른다. 심지어 죽어서도 녀석은 이렇게 말하고 있는 것 같다. **"나는 온유한 자요, 나는 의로운 자요, 나는 토끼로다. 나머지 너희들은, 너희들은 모두 나쁜 놈들이요, '똥 같은 놈들'이로다!"**

* 여기서 콜론은 직접화법의 쉼표와 다름없다. 좀 더 강한 휴지를 주고자 하는 원문의 취지를 살려 피전달문의 내용을 살짝 강조하여 번역하면 된다.

막 단락에만 붙이는데, 한국어에서는 단락 분리에도 불구하고 피전달문의 중간에 들어가는 시작 따옴표는 무시하는 것이 옳다.

❶ "I loved you," he said, "but it was long time ago."

❷ "What is the use of a statue if it cannot keep the rain off?" he said; "I must look for a good chimney-pot," and he determined to fly away.

* Oscar Wilde, "The Happy Prince".

❸ "Wonderful are the miracles," they whispered, "that love can do," and all the women in the world, whatever other loves they had, loved the prince for the splendour of his devotion.

* H. G. Wells, "The Pearl of Love". 이 문장은 관계대명사 때문에 피전달문을 분리한 채로는 도저히 번역이 불가하므로 반드시 한 문장으로 통합해야 한다.

❹ "Good morning," Mr. Lewis said and added politely, "lovely day."

* Shirley Jackson, "The Possibility of Evil".

❶ 그가 말했다. "당신을 사랑했습니다만, 그건 오래전 일이지요."

* he said가 피전달문의 중간에 들어갔지만 특별한 의미는 없기 때문에, 이 짧은 문장을 둘로 분리하기보다는 함께 묶는 것이 훨씬 자연스럽다.

❷ 제비는 "무슨 동상이 비도 못 막아. 괜찮은 굴뚝이나 찾아봐야지."하며 막 날아가려던 참이었다.

❸ "사랑이 만들어 낼 수 있는 기적이란 놀라운 거지요." 그들은 은밀히 속삭였고, 세상의 모든 여인들은 제각각의 사랑에도 불구하고 왕(prince)이 보여 준 놀라운 헌신 때문에 더욱 왕을 사랑하였다.

❹ "안녕하세요." 루이스 씨는 인사를 하고 공손하게 덧붙였다. "날이 좋습니다."

* 이 문장은 added에서 보듯이 두 개의 피전달문 사이에 심리적 공간을 넣으려는 화자의 의도가 드러나므로 원문 그대로 부호 표시를 하는 것이 낫다.

❺ After adding a few splashes of soy sauce, she thrust her hands in and kneaded the flesh, careful not to dislodge the bones. I asked her why it mattered that they remain connected. "The meat needs the bone nearby," she said, "to borrow its richness."

* Chang-rae Lee, "Coming Home Again".

❻ In "Atomic War or Peace," Albert Einstein wrote:

"The release of atomic energy has not created a new problem. It has merely made more urgent the necessity of solving an existing one.

"One could say that it has affected us quantitatively, not qualitatively. As long as there are sovereign nations possessing great power, war is inevitable.

"That is not an attempt to say when it will come, but only that it is sure to come. That was true before the atomic bomb was made. What has been changed is the destructiveness of war."

❺ 간장 몇 방울을 뿌린 뒤에 그녀[어머니]는 두 손을 넣어 살코기가 뼈에서 떨어지지 않도록 조심하며 살코기를 주물렀다. 나는 살코기가 왜 뼈에 붙어 있어야 하는지 물었다. 그녀가 대답했다. **"고기는 뼈 근처에 있어야 해. 거기서 깊은 맛이 우러나거든."**

❻ 「핵전쟁이냐 평화냐」에서 앨버트 아인슈타인은 이렇게 썼다.

"핵에너지의 방출로 새로운 문제가 발생한 것은 아니다. 단지 기존의 문제를 해결해야 할 필요성이 더 시급해졌을 뿐이다.

핵의 영향력은 질적인 것이 아니라 양적인 것이라고 하는 편이 나을 것이다. 막강한 힘을 소유하고 있는 주권국가가 있는 한, 전쟁은 불가피하기 때문이다.

전쟁이 언제 터질까 알아내려고 하는 것은 소용없는 일이다. 전쟁은 터지게 되어 있기 때문이다. 핵폭탄이 만들어지기 전에도 그랬다. 바뀐 것은 전쟁의 파괴성일 뿐이다."

* 피전달문 속에서 단락 분리가 이루어지는 특이한 경우이다. 영문에서 단락 변경 지점에 '시작 따옴표'를 다시 쓰는 것은, 단락은 바뀌었지만 동일 화자의 발언이 계속되고 있음을 독자에게 상기시켜 주려는 것으로 추정된다. 한국어 번역에서는 처음의 시작 따옴표를 제외한 모든 시작 따옴표는 삭제하는 것이 맞다.

IV. 따옴표: 주의환기형 인용(scare quotes)

영문 따옴표의 특이한 용법으로 scare quotes(우리말로는 '주의환기형 인용' 정도로 번역)가 있다. 이 따옴표는 독자들이 그 말의 일반적 의미와는 다르게 (의심, 냉소 또는 아이러니의 어조로) 받아들여 줄 것을 은근히 요청한다는 뜻으로, 한국어에서 어구 뒤에 (?)로 표시하는 물음표와 유사한 용법이다. '한글 맞춤법'에서는 이 물음표를 "특정한 어구의 내용에 대하여 의심, 빈정거림 등을 표시할 때, 또는 적절한 말을 쓰기 어려울 때 소괄호 안에 쓴다."라고 설명하고 있다. 영어의 영향을 받아 한국어로도 따옴표를 이런 용도로 쓰는 사례가 늘고 있어서 따옴표를 그대로 써서 옮길 수도 있고, 아니면 딱 들어맞는다고 판단되면 (?)로 바꾸어도 된다.

❶ In Father's book, a 'real man' was more than brave. He was courteous. It was almost as much a crime not to rise the instant a female entered the room as to moan when hit by a pitched ball.

* Philip Wylie, "The Making of a Man". 여기서 따옴표는 '강조'를 나타내는 표준적인 용법이므로, 번역에서도 그대로 표기하면 된다.

❷ At the party I met a teacher, a journalist, and an 'artist.'

❶ 아버지의 교범에서 **'진짜 남자'**는 용감 이상을 의미했다. 그는 예의 바른 사람이어야 했다. 여성이 방 안에 들어올 때, 마치 날아온 공에 맞아 신음할 때처럼 벌떡 일어나지 않는다면 그것은 거의 범죄나 마찬가지였다.

❷ 나는 파티에서 교사 한 명, 언론인 한 명, **'예술가'** 한 명을 만났다. [나는 파티에서 교사 한 명, 언론인 한 명, **예술가**(?) 한 명을 만났다.]

* 이 따옴표는 명백히 '예술가'에 대한 화자의 냉소와 빈정거림을 담고 있으므로, 이 경우는 (?)로 바꾸는 것이 더 나아 보인다.

❸ In the production of this first volume, Tolkien experienced what became for him a continual problem; printer's errors and compositor's mistakes, including well-intentioned **'corrections'** of his sometimes idiosyncratic usage.

* J.R.R. Tolkien, *The Lord of the Rings*. "On the Text".

❹ Their **"friend"** brought about their downfall.

❺ For it is the condition of his rule that he shall spend his life in trying to impress the **"natives,"** and so in every crisis he has got to do what the **"natives"** expect of him.

* George Orwell, "Shooting an Elephant". 여기서 he는 백인 일반을 가리킨다. 식민지 지배에 비판적이던 Orwell은 natives란 말을 쓰기는 했으나 통상적으로 식민지와 관련하여 '원주민'이란 말이 지니는 비하조의 함의에 동의하지 않는다는 뜻에서 이 말에 따옴표를 붙였다.

❸ 이 1부를 펴내며 톨킨은 이후 반복해서 발생하는 문제를 겪게 되는데, 바로 인쇄소의 오류와 식자공의 실수였다. 이 실수에는 톨킨이 종종 사용하는 독특한 표기법에 대한 선의의 **정정(?)**까지 포함되어 있다.

> * 톨킨은 표준영어 표기와는 다른 철자법을 종종 사용하곤 했는데, 식자공이 이를 오류로 여기고 수정하는 일이 잦았다. 여기서 'corrections'는 식자공의 '잘못된(쓸데없는) 정정'을 뜻한다.

❹ 그들의 **"친구"**가 그들의 몰락을 초래하였다.

> * 친구의 몰락을 초래한 친구라면 친구라고 할 수 없을 것이다. 다만 **친구(?)**의 표기는 너무 노골적이어서 은근한 맛이 없다. 여기서는 **"친구"**로 그냥 두어도 충분히 의미가 전달될 것으로 보인다. 이 용법으로는 대개 작은따옴표를 쓰나, 여기서처럼 큰따옴표를 쓰기도 한다.

❺ 왜냐하면 일상생활을 하며 **"원주민들"**에게 강한 인상을 주려고 애를 써야 한다는 것이 그(백인)의 지배 조건이며, 그래서 백인은 위기 때마다 **"원주민들"**이 그에게 기대하는 일을 해야만 하기 때문이다.

> * 여기서는 **원주민들(?)**이라고 하면 원문의 냉소적 뉘앙스를 충분히 전달하지 못할 것으로 판단되어 그대로 따옴표로 표기하였다. 우리말에서도 따옴표를 scare quotes의 용법으로 사용하는 사례가 늘어나고 있어서 괜찮을 것으로 보인다.

■ 한국어에서 scare quotes 사용 사례

세끼 밥만으로는 날마다 허기가 질 정도로 늘 배가 고팠다. 요리책을 빌려다가 '외식'을 하고 등산이며 낚시며 하는 잡지와 관광지도책을 펴놓고 '외출'을 나가는 것도 그 무렵이었다. 가끔씩 이런 통방소리가 들려오곤 했다.
　야, 설악산 특집호 누가 가져갔냐? / 내가 아직 보고 있어. / 빨랑 돌려주지 못해? / 이거 왜 이래. 지금 한계령도 못 넘었다구. / 이 새끼 내설악까지 언제 들어갈라구 거기서 꾸물대냐. (황석영의 『오래된 정원』 중에서)

V. 이탤릭체의 처리

일부 한국 작가들의 경우 의식의 흐름이나 마음속 생각 등을 표현하기 위해 이탤릭체를 쓰는 경우가 있으나, 일반적으로 한글에서 이탤릭체는 여전히 낯선 표기이다. 따라서 이탤릭체를 그대로 한국어로 옮길 수는 없다. 우선 '한글 맞춤법'에 따라 책이나 소설, 신문, 잡지 등을 나타내는 이탤릭체는 겹낫표(『 』)나 겹화살괄호(《 》)로, 영화, TV 프로그램, 예술 작품 등을 나타내는 이탤릭체는 홑낫표(「 」)나 홑화살괄호(〈 〉)로 바꾸면 된다. 하지만 어구를 강조할 때 사용하는 이탤릭체는 강조부사를 보충하거나 따옴표로 전환하는 것이 최선이다.

> **❶** *Women in Love* delves into the complex relationships between four major characters, including the sisters Ursula and Gudrun.

* 영어에서 이탤릭체는 작품이나 저작이 한 권의 책 분량이 될 만큼 길이가 길다는 표시이다.

* '통방소리'에서 짐작할 수 있듯이 수인(囚人)들이 책을 통해 외식 아닌 외식, 외출 아닌 외출을 하는 교도소의 한 장면이다.

■ 예전에도 이런 방식의 글쓰기가 있었으나, scare quotes란 말이 만들어지며 따옴표의 특수용법이 활성화되기 시작한 것은 대략 20세기 이후로 알려져 있다. 하지만 일각에서는 이 새로운 어법 때문에 말과 글이 모호해진다고 비판하며 가급적 사용을 자제해야 한다고 주장한다.

출처: https://en.wikipedia.org/wiki/Scare_quotes

❶ 『**사랑하는 여인들**』은 어슐라와 구드룬 자매를 포함한 중심인물 네 명 간의 복합적인 관계를 탐구한다.

❷ "I don't know. Nobody ever knows why one person is lucky and another unlucky."

"Don't they? Nobody at all? Does *nobody* know?"

* D. H. Lawrence, "The Rocking-Horse Winner".

❸　"Who," he thundered, "is B. M.?"

He could hear the cheap clock ticking on her mantelpiece; then a long drawn sigh. Then at last she said:

"He was my brother."

He *was* her brother; her brother who had killed himself.

* Virginia Woolf, "The Legacy".

❹ And so the house came to be haunted by the unspoken phrase: *There must be more money! There must be more money!* The children could hear it all the time though nobody said it aloud.

* D. H. Lawrence, "The Rocking-Horse Winner".

❷ "모르겠구나. 왜 어떤 사람은 운이 좋고 또 어떤 사람은 운이 나쁜지 아무도 모른단다."

"그래요? 아무도 몰라요? **정말 아무도** 몰라요?"

* 이 경우처럼 강조를 표시하는 이탤릭체는 강조어를 보충하여 번역해야 할 때가 많다.

❸ "B. M.이 누굽니까?" 그가 소리쳤다.

그는 그녀의 벽난로 위에서 싸구려 시계가 똑딱거리는 소리를 들을 수 있었고, 이윽고 긴 한숨 소리가 뒤를 이었다. 마침내 그녀가 입을 열었다.

"제 남동생이었습니다."

그는 **바로** 그녀의 남동생이었다. 스스로 목숨을 끊었던 그 남동생이었던 것이다.

* 현재형 질문의 답변을 이탤릭체 과거형으로 쓴 것은 그가 이미 사망했음을 각인시키기 위해서다. 여기서도 적절한 부사를 넣어 강조의 의미를 살리면 된다.

❹ 그래서 집 안에는 아무도 말한 적이 없지만 허공을 떠도는 말이 생겨났다. **'돈이 더 있어야 해! 돈이 더 있어야 해!'** 아무도 큰 소리로 말한 적이 없지만 아이들은 늘 그 말을 들을 수 있었다.

* '한글 맞춤법'에서 작은따옴표는 '마음속으로 한 말을 적을 때 쓴다'고 규정하고 있는데, 이 경우는 그에 준하여 처리할 수 있다.

❺ Nevertheless, I knew that long before, when *The Lord of the Rings* was finished but well before its publication, my father had expressed a deep wish and conviction that the First Age and the Third Age (the world of *The Lord of the Rings*) should be treated, *and published*, as elements, or parts, *of the same work*.

* J.R.R. Tolkien, *The Fall of Gondolin*.

VI. 대문자와 소문자

대문자와 소문자의 구분은 로마 알파벳의 중요한 특징으로, 한국어에 비해 영어(를 비롯한 유럽어)의 가독성을 높이는 큰 장점이기도 하다. 우선 고유명사나 문장의 시작 단어의 머리글자를 대문자로 표기하는 것은 번역에 별 어려움을 초래하지 않는다. 하지만 일반 단어의 머리글자를 대문자로 써서 고유명사나 강조용법으로 쓰는 표기법은 종종 번역자를 곤란하게 만든다. 대문자 여부에 관계없이 그에 대응하는 우리말로 옮겨도 될 때가 있지만, 그렇지 않을 때는 원어를 외국어 한글 표기법에 따라 소리로 옮기기, 따옴표를 사용하여 구별하기, 강조어를 추가하기 등 다양한 번역 방안을 모색해야 한다.

❶ "My grandfather built the first house on **Pleasant Street**," she would say, opening her blue eyes wide with the wonder of it.

* Shirley Jackson, "The Possibility of Evil".

❺ 그럼에도 불구하고 나는 부친께서 『**반지의 제왕**』이 완성은 되었으나 출판까지는 한참 시간이 남아 있던 그 옛날, 제1시대와 제3시대(『**반지의 제왕**』의 세계)는 '**동일한 작품의**' 구성 요소나 일부로 함께 다루어지고 '**또 출판되어야**' 한다는 깊은 소망이자 신념을 피력하셨던 사실을 알고 있었다.

❶ "우리 할아버지가 **플레전트 거리**에 첫 집을 지으셨지요." 그녀는 그 사실이 놀라운 듯 파란 두 눈을 크게 뜨고 말하곤 했다.

* 여기서 Pleasant Street의 번역은 ① 플레전트 스트리트, ② 즐거운 거리(가), ③ 플레전트 거리(가) 등으로 검토해 볼 수 있는데, 전후의 맥락 등을 종합적으로 따져 판단해야 한다.

❷ The idea of an underground railway linking the City of London with some of the railway termini in its urban centre was proposed in the 1830s.

❸ It was the cruellest of lies. Bruce had by now become an unwitting victim of what later became known as the Stolen Generation — or, more accurately, the Stolen Generations.

* Nick Bryant, "The Agony of Australia's Stolen Generation".

❹ He disappears for a month, or a year, and then he pops up again. He was in and out pretty often last spring; but I haven't seen him about lately. What his right name is I've never heard: but he's known round here as Strider. Goes about at a great pace on his long shanks; though he don't tell nobody what cause he has to hurry.

* J.R.R. Tolkien, *The Lord of the Rings*.

❷ **시티오브런던**과 그 도심지의 일부 철도역을 연결하는 지하철 건설 구상은 1830년대에 나왔다.

> * the City of New York은 '뉴욕시'로 번역해도 되지만, the City of London은 런던 중의 런던이라고 할 수 있는 중심부의 작은 금융상업지구를 가리키는 말로, '런던시'로 번역하면 오역이다. 아예 '시티'(the City)로 줄여 쓰기도 한다.

❸ 그것은 끔찍하기 짝이 없는 거짓말이었다. 브루스는 그때 자기도 모르는 사이에 훗날 **'도둑맞은 세대'** — 아니 좀 더 정확하게는 **'도둑맞은 세대들'**로 알려진 사건의 피해자가 되어 있었다.

> * 20세기 초 호주 원주민 아동 중 교화 등의 목적으로 강제로 친부모와 격리되어 양부모의 집이나 교화시설에 거주하게 된 이들을 '도둑맞은 세대'(Stolen Generation)라고 칭한다. 여기서는 단어 뜻 그대로 번역하고 따옴표를 쓰는 것이 적절해 보인다.

❹ 저 양반은 한 달이나 일 년씩 보이지 않다가 다시 불쑥 나타납니다. 지난봄에 자주 들락날락했는데 최근에는 도통 못 보았어요. 이름이 정확히 뭔지는 나도 모릅니다만, 여기선 흔히들 **성큼걸이**라고 부르지요. 다리가 길어서 걸음이 굉장히 빨라요. 하지만 어딜 그렇게 급히 가는지 아무한테도 말하는 법이 없습니다.

> * 『반지의 제왕』 1부에서 훗날 왕위에 등극하는 순찰자 아라고른(Aragorn)이 처음 등장하는 대목이다. 저자 톨킨은 동사 stride에서 Strider라는 명사를 만들어 이를 그의 별명으로 사용하였는데, 번역 지침에서 이 별명을 소리로 옮기지 말고 '의미로' 풀어 번역할 것을 요구하고 있다. 이에 따라 번역자는 이를 '성큼걸이'로 번역하였는데, 전후 맥락에서 명백한 별명임이 확인되기 때문에 추가로 따옴표를 써서 구별할 필요는 없어 보인다.

❺ They were troubled, and some spoke in whispers of the Enemy and of the Land of Mordor.

* J.R.R. Tolkien, *The Lord of the Rings*.

❻ As they began to climb its first slopes they looked back and saw the lamps in Hobbiton far off twinkling in the gentle valley of the Water.

* J.R.R. Tolkien, *The Lord of the Rings*.

VII. 대시와 줄표

영어의 대시(—, dash)는 보충, 부연, 동격, 강조, 대조, 예시, 열거, 생략, 문장 미완성, 말줄임 등 다양한 용도로 쓰며, 우리말의 줄표보다 역할이 훨씬 다양하다. 번역 시에는 한글의 줄표로 바꾸어 써도 무방한 경우가 있지만, 두 언어의 어순 차이로 대시를 무시해야 할 때가 있다. 이와 달리 두 개의 대시를 하나의 줄표로 바꾸거나 또는 그 반대로 해야 할 때도 있다.

❶ What was the meaning of that? Oh here was the explanation — it referred to her work in the East End.

* Virginia Woolf, "The Legacy".

❺ 그들은 근심에 가득 차 있었고 어떤 이들은 낮은 소리로 **대적(大敵)**과 모르도르에 대해 이야기했다.

＊ 여기서 대문자를 쓴 the Enemy는 일반적인 '적'이 아닌 모르도르에 은거하는 사우론(Sauron), 즉 만악의 근원이 되는 적을 가리킨다. 이에 따라 작가의 의도를 살려 '대적'으로 번역하였다.

❻ 첫 번째 산비탈을 오르면서 그들은 뒤로 돌아서서 **믈강변의** 포근한 골짜기에 아득하게 반짝이는 호빗골의 불빛을 바라보았다.

＊ 호빗들이 사는 호빗골에는 the Water라는 이름의 강이 있는데, 고유명사의 번역 중에서 번역자들에게는 난제 중의 난제였다. 고심 끝에 '물'의 고어인 '믈'을 찾아내 '믈강'으로 번역함으로써 water가 아닌 Water로 표기한 작가의 의도를 살리기로 하였다.

❶ 이게 무슨 뜻이지? 아 여기 설명이 있군—**그것은 그녀의 이스트엔드 일에 관한 것이었다.**

＊ 여기서 대시는 부연 설명을 하기 위한 용도로 쓰였으므로, 한글에서도 그대로 줄표로 전환하면 문제가 없다.

❷ Grotesques are born out of eggs as out of people. The accident does not often occur — perhaps once in a thousand births.

* Sherwood Anderson, "The Egg".

❸ But it is not clear she has enough time — or enough voters open to hearing her message — to make it happen.

❹ He had often seen her and Sissy sitting at that table — Sissy at the typewriter, taking down letters from her dictation.

* Virginia Woolf, "The Legacy".

❺ In town he drank several glasses of beer and stood about in Ben Head's saloon — crowded on Saturday evenings with visiting farm-hands.

* Sherwood Anderson, "The Egg".

❷ 사람과 마찬가지로 달걀에서도 괴상한 놈이 나온다. 이 사고는 자주 일어나지는 않는다—**대략 천 개 중 하나 정도.**

* 문장을 완성하고, 그런 다음에 부연 설명을 붙인 것이므로 역시 그대로 줄표를 써도 충분하다.

❸ 하지만 그녀에게 그것을 실현할 시간이 충분한지, **또는 그녀의 이야기를 들어 줄 유권자가 충분한지**는 확실치가 않다.

* 번역 시 to make it happen을 먼저 번역해야 하기 때문에 대시를 그대로 두면 어색하다. 차라리 대시를 쉼표로 전환하면 자연스러운 어순이 만들어진다.

❹ 그는 그녀와 씨시가 탁자 앞에—**씨시가 그녀의 구술을 받아 편지를 쓰며**—앉아 있는 것을 여러 번 보았다.

* 이 경우 영문에서는 하나의 대시로 표기되어 있지만, 한국어에서는 구문상 두 개의 줄표를 사용해야 문장이 완성되는 것을 알 수 있다.

❺ 읍내에서 그는 **토요일 저녁마다 농장 일꾼들이 찾아와 북적거리**는 벤 헤드 술집에서 맥주 몇 잔을 하고 빈둥거렸다.

* 이 문장은 원문에서 대시가 없어도 거의 표준어법에 가까운 문장이므로 한국어로도 이에 부합하게 옮기면 된다.

2부

응용편

·
·
·

7장

자상한 보충

·
·
·

■ 때로는 어구를 보충해서 번역해야

영한사전의 뜻풀이에서 어떤 단어는 우리말 한 단어로 옮기기가 어려워 두세 어절로 풀어 설명하기도 한다. 하물며 개별 번역의 맥락 속으로 들어가면 개별 단어를 일대일로 짝을 맞추는 것은 더욱더 어려워진다. 이런 경우는 적절한 어휘를 추가하거나 또는 어형이나 구문을 살짝 변환하면 자연스러운 번역문을 만들 수 있다.

■ 그럴더라도 대원칙은 1:1 번역

'자상한 보충'은 종요로운 번역 요령이지만 양날의 검과 같다. '번역'이 '반역'이 될 수 있기 때문이다. 불가피하게 어구를 보충하더라도 최소한으로 줄이고, 가급적 한 단어는 한 단어나 어절로 옮기는 것이 대원칙이라는 점을 기억하도록 한다.

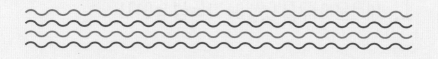

아렌델 왕국의 두 공주 Elsa와 Anna의 이야기를 중심 플롯으로 한 디즈니 애니메이션 〈겨울왕국〉의 원제는 *Frozen*이다. 물리적으로 또 정서적으로 '차갑게 얼어붙음'이 작품의 핵심 개념임을 알 수 있다. 한국어로는 낯설지만 애니메이션의 제목으로 쓰일 만큼 영어에서 과거분사는 익숙하고 중요한 단어형이다. '얼어붙은'을 애니메이션 영화 제목으로 쓰기 어렵다고 판단한 수입배급사에서는 '얼어붙은'을 '겨울'로 바꾸고 '왕국'을 보충하여 관객들의 접근성을 높였다.

I. 새로운 어구를 덧붙여 가독성 높이기

사전적 의미만으로 자연스러운 번역문을 만들 수 없는 경우 한국어의 맥락에 맞게 새로운 어구를 보충하는 것이 불가피할 때가 있다. 의미의 왜곡이 벌어지지 않는 한도 내에서 적절한 어구를 보충하여 번역문의 가독성을 높이는 것은 수용 가능한 일이다.

❶ People are always afraid that they will be perceived as weak.

❷ His fatness rendered him unable to touch his toes.

❸ His outstretched hand was suggestive. Hercules Poirot placed in it a folded note.

* Agatha Christie, *Murder on the Orient Express*.

❹ In the past 12 months, Ki was perhaps Korea's best player at the World Cup, one of the standouts of the Asian Cup and consistently excellent for Swansea City in another impressive campaign.

❶ 사람들은 **자신이 약한 사람**으로 보일까 봐 항상 두려워한다.

　* '약하게 보이다'도 무난한 번역이지만, '사람'을 보충하면 훨씬 자연스럽게 읽힌다.

❷ **그는** 너무 살이 쪄서 **손이** 발끝에 닿지 않았다.

　* 이 문장에 '손이'를 추가하는 정도의 보충은 충분히 허용 가능하다.

❸ 그가 내민 손은 **뭔가를 암시하는** 투였다. 에르퀼 푸아로는 지폐 한 장을 접어 그의 손에 쥐어 주었다.

❹ 지난 12개월 동안 기성용은 월드컵에서는 거의 한국팀 최고의 선수였고, 아시안컵에서는 우수 선수에 들어갔으며, 다른 인상적인 경기에서는 스완지시티를 위해 **꾸준히 뛰어난 활약을 보였다.**

❺ To me, at that time, New York was a wonderland largely unexplored. I had been to Hippodrome, a couple of times with my father, and to the Hudson-Fulton Celebration, and to a few matinees; but New York, except as a setting for extravaganzas, was **unknown**.

* E. B. White, "Afternoon of an American Boy".

❻ The Korean helped Sunderland **stay up** and returned to South Wales a more mature and well-rounded player.

* stay up: (프로스포츠에서 상위 리그에) 잔류하다. 프리미어리그 기성용 선수의 영국 내 활약상에 관한 영국 언론 보도의 일부이다.

❼ Scientists have had frustratingly little success in applying their knowledge **toward a vaccine against the virus**.

❽ Although **much** has been done to facilitate free movement, mobility remains very low.

❾ One sunny morning we were all sitting at table when we heard his heavy slurring walk up the entry. We became uneasy. His was always a disturbing presence, **trammeling**.

* D. H. Lawrence, "Adolf". trammel: (움직임·활동을) 구속하다, 제한하다. '사람을'을 trammel의 목적어로 넣어야 자연스럽게 읽힌다.

❺ 그 당시 내게 뉴욕은 거의 미개척의 신기한 세계였다. 나는 아버지와 함께 히포드롬 극장에도 두어 번 가 보고, 허드슨풀턴 축제도 구경하고, 낮 공연도 몇 번 가 보았다. 하지만 뉴욕은 화려한 구경거리를 제외하고는 **미지의 땅**이었다.

* to the Hudson-Fulton Celebration과 and to a few matinees는 모두 앞의 had been to에 연결되는데, 번역문에서는 동사를 일일이 추가하여 문장의 흐름을 맞추었다.

❻ 이 한국인은 선덜랜드가 **프리미어리그에 잔류하는 데** 도움을 준 뒤 더 성숙하고 다재다능한 선수가 되어 남웨일스로 돌아갔다.

❼ 실망스럽게도 과학자들은 그들의 지식을 **그 바이러스에 대항하는 백신 개발에** 활용하는 데는 아무런 성공을 거두지 못하였다.

* '개발'을 추가하여 의미를 명확히 하였다.

❽ 자유로운 이동을 촉진하기 위해 **많은 조치가** 시행되었지만, 이동성은 여전히 매우 낮다.

❾ 화창한 어느 날 아침 우리는 모두 식탁에 앉아 있다가 터덜거리는 아버지의 묵직한 발걸음 소리를 입구 쪽에서 들었다. 우리는 불안에 휩싸였다. 아버지는 늘 **사람을 불편하게 만드는** 곤혹스러운 존재였다.

⑩ A second way that oppressed people sometimes deal with oppression is to resort to physical violence and **corroding hatred**.

* Martin Luther King, Jr., "Three Ways of Meeting Oppression".

⑪ I caught sight of her **at the play** and in answer to her beckoning I went over during the interval and sat down beside her.

* Somerset Maugham, "The Luncheon".

⑫ When she was discontented, she fancied herself nervous. The business of her life was to get her daughters married; its solace was **visiting and news**.

* Jane Austen, *Pride and Prejudice*. 1장에서 Mrs. Bennet의 성격을 묘사하는 대목이다.

⑬ China's economy **probably** slowed more sharply in late 2008 than the official numbers suggest.

⑩ 피압제자가 압제에 대응할 때 종종 사용하는 두 번째 방법은 물리적 폭력과 **마음을 좀먹는 증오**에 호소하는 것입니다.

⑪ 나는 **연극을 보다가** 그녀를 알아보았고, 막간에 그녀의 손짓을 보고 건너가 옆에 앉았다.

⑫ 못마땅한 일이 있을 때면 그녀는 신경증이 도진다고 제멋대로 생각했다. 그녀 평생의 일거리는 딸들을 결혼시키는 것이었고, 평생의 낙은 **이웃을 방문해서 수다를 떠는** 일이었다.

⑬ 중국 경제는 2008년 후반에 아마도 공식 수치에 나타난 것보다 더 심한 침체를 **겪었을 것이다.**

* probably는 대부분의 영한사전에 '아마(도)'라고 풀이되어 있지만, 엄밀히 말하면 '~일 것이다'라는 어구가 들어가야 한국어 어법에 어울린다. 따라서 번역 시 이를 술어동사에 반영하는 것이 자연스럽다.

⑭ When it comes to the economic impact of demography, Japan is **the wizened canary in the world's coal mine**. It has become older faster than any other big country.

* wizened: 시든, 쭈글쭈글한. 맥락에 맞게 '죽어 가는'이란 말로 대체하면 훨씬 자연스러워진다.

⑮ Yes, a beautiful salmon had just come in, it was **the first** they had had. I ordered it for my guest. The waiter asked her if she would have something while it was being cooked.

* Somerset Maugham, "The Luncheon".

⑯ The West still looks **weak**, with **many economies contracting** in the second quarter, and even if America begins to grow in the second half of this year, consumer spending looks sickly.

* economy는 경제와 국가의 개념을 함께 수용하여 '경제의 관점에서 바라보는 국가'라는 뜻이며, 그렇기 때문에 여기서처럼 복수형도 가능하다. 더욱이 국제정치적인 이유로 국가로 불리지 못하는 지역도 포함할 수 있는 말이기 때문에 언론에서 요긴하게 사용한다. 하지만 우리말로는 적절한 역어가 없기 때문에 '국가'와 '경제' 두 의미를 포함하는 번역이 되도록 방법을 찾아야 한다.

⓮ 인구 문제의 경제적 영향을 논할 때 일본은 **세상이란 탄광 속에서 죽어 가는 카나리아**에 해당한다. 일본은 다른 어떤 강대국보다 더 빠르게 고령화가 진행되었다.

⓯ 그랬다. 근사한 연어가 막 들어와 있었고, 그것은 그들이 들여놓은 **연어로는 처음**이었다. 나는 손님을 위해 그것을 주문했다. 종업원은 그녀에게 요리를 하는 동안 뭘 좀 드시겠냐고 물었다.

⓰ 서구는 **많은 나라들이** 2분기에도 **경제가 위축되면서** 여전히 **취약한 모습을** 보이고, 미국이 **올 하반기부터** 성장을 시작한다고 하더라도 소비 지출은 미미할 것으로 보인다.

⑰ In *The Remains of the Day*, the butler Stevens fails to act on his romantic feelings towards housekeeper Miss Kenton because he cannot reconcile his sense of service with his personal life.

⑱ My father came back and sat down heavily in his armchair. He dragged his saucer to him, and blew his tea, pushing out his red lips under his black moustache.

* D. H. Lawrence, "Adolf".

⑲ He seemed to hear the echo of words in his ears: 'Fear nothing! Have peace until the morning! Heed no nightly noises!'

* J.R.R. Tolkien, *The Lord of the Rings*.

⑳ There is no remedy for love but to love more.

* Henry David Thoreau. 사랑에 빠지면 막을 도리가 없으니, 더욱 열정적으로 사랑하라는 뜻이다. '사랑을 위한 치료'는 어색한 말이기 때문에 '사랑이란 병의 치료'로 어구를 보충하여 번역한다.

⑰ 『남아 있는 나날』에서 집사 스티븐스는 **봉사라는 자신의 직업 정신**과 개인사 간의 조화를 이루지 못한 탓에 하녀장 켄턴을 향한 낭만적인 감정을 드러내는 데 실패하고 만다.

⑱ 아버지는 돌아와 당신의 안락의자에 **털썩 소리를 내며** 앉으셨다. 그리고 접시를 끌어당긴 다음 검은 콧수염 밑으로 붉은 입술을 내밀어 **차를 후 불었다.**

  * '털썩', '후' 같은 의성어나 의태어를 동사의 의미에 따라 요령 있게 사용하면 훨씬 자연스러운 표현을 만들 수 있다.

⑲ 그는 **귓가에** 말소리가 들리는 듯했다. '두려워 말게! 아침까지 편히 쉬어! 야밤의 소란은 신경 쓰지 말게!'

⑳ **사랑이란 병을 치유하는 묘방**은 더욱더 사랑하는 것밖에 없다.

II. 구문의 변환이 일어나는 경우

단순히 어휘를 추가하는 정도를 넘어서 구문(이나 어형)의 변환이 이루어져야 제대로 번역문이 만들어지는 경우가 있다. 구문의 변환이 이루어지면 대개 새로운 어구가 들어가게 마련이므로 문장이 길어질 때가 많다. 물론 이러한 보충은 최소한으로 줄여야 한다.

❶ I know it's difficult **to be a single parent**, and I am sorry for her, but I feel as if she's always in my face.

❷ The year 1492 also **marked** the arrival of Christopher Columbus in the New World, during a voyage funded by Isabella.

❸ My mother would gently set herself down in **her customary chair** near the stove.

* Chang-rae Lee, "Coming Home Again". customary(관례적인, 습관적인)를 직역한 채로는 정확한 번역문을 만들기 어렵다.

❶ **혼자 아이를 키우는 것이** 어렵다는 것은 알고 있고 그래서 딱하기
도 합니다만, 저는 그 여자가 항상 제 눈앞에 있는 듯한 느낌이 듭
니다.

> * 딱한 처지의 여성이지만 화자에게 너무 의존적이어서 불편하다는 글의 일부로,
> single을 부사로 전환하고 parent를 동사 개념으로 전환하여 문장 구조를 새롭게
> 만들었다.

❷ 또한 1492년은 크리스토퍼 콜럼버스가 이사벨라 여왕의 지원을
받아 항해를 하다가 신대륙에 도착한 **기념비적인 해였다.**

❸ 어머니는 **당신이 늘 사용하는** 난롯가 **의자**에 조용히 앉으시곤
했다.

❹ There were fountains of butterflies that flew glittering into the tree; there were pillars of colored fires that rose and turned into eagles, or sailing ship, or a phalanx of flying swans.

* J.R.R. Tolkien, *The Lord of the Rings*. 마법사 Gandalf의 폭죽놀이 마법을 묘사하는 대목이다.

❺ So the horse, rather shabby, stood **in an arrested prance** in the boy's bedroom.

* D. H. Lawrence, "The Rocking-Horse Winner". 여기서 말(馬)은 유아용 목마를 가리킨다. arrest: 정지하다, 제어하다. prance: 말의 도약, 활보.

❻ When the woman asked to whom she should make the check payable, the burglar gave **his own name, in full.**

* 주택에 침입했다가 돈이 없다고 하자 수표를 내놓으라고 했던 어느 멍청한 강도의 이야기이다.

❼ I am not going to tell a mother to sue her son, but I do hope his brothers will lean on him hard to **do the decent thing.**

* lean on: ~에게 압력을 가하다.

❽ He knows **the awful approach behind him:** bullet or stoat.

* D. H. Lawrence, "Adolf". stoat: 담비. 여기서 He는 토끼를 가리킴.

❹ **나비들이 분수처럼 쏟아져 나와** 나무 사이로 반짝이며 날아다녔고, 색색의 불꽃 기둥이 솟아올라 느닷없이 독수리가 되기도 하고, 돛단배나 비상하는 백조의 무리를 이루기도 했다.

❺ 그래서 그 꾀죄죄한 말은 **뛰다가 멈춘 상태로** 소년의 방에 서 있었다.

❻ 여자가 수표수취인을 누구로 해야 하는지 묻자, 강도는 **자기 성과 이름을 모두** 알려 주었다.

❼ 어머니한테 자기 아들을 고소하라고 하지는 않겠습니다만, 저는 형제들이 그 아이에게 **처신을 제대로 하도록** 강하게 압박을 했으면 정말 좋겠습니다.

❽ 그는 총알이든 담비든 **자기 등 뒤로 끔찍한 놈이** 다가오고 있다는 것을 알고 있다.

* bullet or stoat가 뒤에 있으므로, '놈'을 보충해서 awful approach를 밝혀 주면 의미도 분명해지고 문장도 훨씬 자연스럽게 읽힌다.

❾ A woman who was standing behind me was so close, I could feel her breathing on my neck. **It was human tailgating;** where was her spatial awareness?

* tailgate: 앞차에 바싹 대어 차를 몰다. spatial awareness: 공간 인식. 타인과 지켜야 할 적절한 물리적 거리에 대한 인식 또는 감각.

❿ My mother set her face against **the tragedy of dead pets. Our hearts sank.**

* D. H. Lawrence, "Adolf". set one's face against: 단호히 반대하다.

⓫ "Lonely? That's funny. A nice-looking boy like you's got no call to be lonely." She laughed significantly and **without mirth.**

* Aldous Huxley, "Half-Holiday". mirth: 명랑, 유쾌, 들떠서 떠들어대기. without mirth는 영문 구조를 그대로 둔 채 번역하기가 쉽지 않다.

⓬ I simply paid him and let him go, and if I memorized his cab licensing number it was out of habit, not **expectation.**

* Dick Francis, *Come To Grief.*

⑨ 내 뒤에 서 있던 여자가 너무 가까이 있어서 그녀가 내 목에다 대고 숨을 쉬는 듯한 느낌이 들었다. **운전할 때 뒤차가 바짝 따라붙는 꼴이었다.** 그녀의 공간 인식은 어떻게 된 걸까?

⑩ 어머니에게는 **반려동물을 키우다 죽이는 끔찍한 일은** 절대로 있을 수 없는 일이었다. 우리는 가슴이 철렁했다.

⑪ "외롭다고? 희한하네. 당신처럼 잘생긴 남자는 외로워할 필요가 없어요." 그녀는 의미심장한 웃음을 지어 보였으나 **정말로 재미있다는 표정은 아니었다.**

⑫ 나는 잠자코 계산을 하고 그를 보냈다. 내가 그의 택시 차량번호를 기억했다면 그것은 습관 때문이지 **나중에 써먹을 데가 있을 거라고 생각했기 때문은** 아니었다.

⓭ Obviously, Dennis is a deadbeat and has no intention of paying the debt.

⓮ My attention was so attracted by the singularity of his fixed look at me, that the words died away on my tongue.

* Charles Dickens, *Great Expectations*.

⓯ These days, more than half of the births to women under 30 occur outside of marriage.

⓰ Almost 200 years after his death, Grimaldi's service to silliness is marked by an annual church service in his name.

⑬ **확실한 건** 데니스가 놈팡이라는 사실에다 빚을 갚을 생각이 없다는 **겁니다.**

    * 간단한 부사지만 뒷말과 적절히 어울리는 표현을 찾을 수 없는 경우이다.

⑭ 나를 빤히 바라보는 그의 **묘한 눈길이** 나를 사로잡았고 그래서 나는 입안에서 말이 나오다 말았다.

    * 뒤의 look을 '눈길'로 바꾸어 singularity와 결합하였다.

⑮ 요즘에는 30세 미만 여성에게서 **태어나는 아이들**의 반 이상이 혼외 출산으로 태어난다.

⑯ 그리말디가 세상을 떠난 지 200년 가까이 흘렀지만, 매년 그를 추모하는 예배가 열려 **바보스러움으로 웃음을 선사한 그의 업적**을 기리고 있습니다.

8장

상쾌한 압축

•
•
•

■ 때로는 어구를 압축해서 번역해야

'자상한 보충'과는 달리 거꾸로 긴 어구를 줄이고 압축해야 자연스러운 번역이
되는 경우가 있다. 관용 표현(the idiomatic expression)은 압축의 의의와 요령을
생생하게 보여 주는 사례에 해당한다.

■ 전체를 압축하거나 대표 단어로 압축

압축은 크게 두 가지 유형으로 나뉜다. 하나는 어구 전체를 축약하여 단어나 어
절의 수를 줄이는 것이고, 다른 하나는 원문의 어구 전체를 대표하는 특정 단어
하나로 압축하는 것이다. 주어와 술어동사가 이중으로 있는 복문도 압축의 요
령을 잘 활용할 수 있는 대표적인 구문이다. 대개 주절의 주어와 술어를 간략한
부사어나 부사구로 압축하면 두 개의 주어와 동사를 그대로 직역할 때의 거추
장스러움을 피할 수 있다.

■ 그럴더라도 원문의 의미 누락은 피해야

그럼에도 불구하고 압축의 요령을 적용할 때 가장 유의해야 할 것은 어떤 유형의
압축 번역이라도 원문의 의미가 누락되는 일이 발생해서는 안 된다는 점이다.

온난화의 영향으로 지구가 빙하기에 들어갈 수도 있다는 경고를 담은 할리우드 영화 〈투모로우〉의 원제는 *The Day after Tomorrow*이다. 국내배급사는 '모레'라는 번역이 너무 약하다고 판단하고 고육지책으로 '투모로우'를 선택했을 것으로 보인다. '내일'은 미래의 환유적 표현이 될 수 있으나, '모레'는 그렇지 못하기 때문이다. 영화의 제목으로 the day after tomorrow는 '모레'가 아니라 '내일 다음 날'이라는 원래 의미를 환기하고 있는 것으로 추정된다. 내일은 아닐지라도 그다음 날 언젠가는 빙하기의 위험이 도래할 수 있다는 것이다. '투모로우'만 떼어 한국판 제목으로 쓴 것은 번역의 기술로 보자면 어구의 일부로 전체를 대표하는 '압축'의 요령에 해당하지만 만족스럽지는 않다. 차라리 원제의 취지를 살려 '내일 다음 날'이 어땠을까 싶다.

I. 어구 전체를 압축하기

단어나 어절의 수를 줄이면 훨씬 자연스러운 한국말이 될 때가 있다. take care of를 '돌보다'라는 한마디 번역하듯이 관용 표현이 이러한 압축의 전형적 사례에 해당하는데, 절이 구가 되고, 구가 단어나 짧은 어절로 압축되고, 품사의 변형이 수반되는 경우가 많다.

❶ A few years ago, I moved into a small house close to where I work.

❷ His praise was hard to earn; when it came, however, you felt it to your toes.

* Philip Wylie, "The Making of a Man".

❸ "I was shocked by **your lack of compassion**, Ann, and amazed that Aunt Louise could be so harsh with her own niece — and that you encouraged it."

* 전형적인 압축의 요령을 볼 수 있는 예문이다. lack of compassion을 한 단어로 옮기는 요령을 찾아본다.

❶ 저는 몇 년 전에 **직장** 가까이 있는 작은 주택으로 이사를 했습니다.

> * '내가 일하는 곳'도 충분히 적절한 번역이지만, where I work를 압축한 '직장'이 훨씬 더 한국어다운 느낌을 준다. 형식적으로는 절이 한 단어로 압축된 셈이다.

❷ 그의 칭찬은 듣기가 쉽지 않았다. 하지만 칭찬을 할 때는 **화끈했다.**

> * 관용 표현을 포함하는 구문이지만, 대명사 생략이 동시에 이루어지면서 한 문장이 한 단어로 간명하게 압축되었다.

❸ "앤 선생님, 저는 **선생님의 야박하심에** 충격을 받았어요. 또 루이즈 아주머니가 조카딸한테 그렇게 심하게 하신 것이나, 더욱이 선생님이 그걸 부추겼다는 사실에 깜짝 놀랐습니다."

❹ When Mr. Bilbo Baggins of Bag End announced that he would shortly be celebrating his eleventy-first birthday with a party of special magnificence, **there was much talk and excitement** in Hobbiton.

* J.R.R. Tolkien, *The Lord of the Rings*. eleventy-first: 호빗 방식으로 표기한 '111번째'의 영어 표기.

❺ "Miss Eliza Bennet, **let me persuade you to follow my example,** and take a turn about the room."

* Jane Austen, *Pride and Prejudice*.

❻ Farizad **took out her** brother's knife and **found that its** blade was scarred with rust.

❼ But other governments may opt **to monetise their debt,** pushing inflation up.

* 흔히 볼 수 있는 'to 부정사의 명사적 용법'이다. 단순히 명사적 용법으로 해석하는 정도를 넘어 명사구로 압축하는 요령을 찾는 것도 요긴한 번역 요령 중의 하나이다.

❽ The past twenty years saw unprecedented growth and stability followed by the worst financial crisis the industrialised world has ever witnessed.

❹ 골목쟁이집의 골목쟁이 빌보 씨가 곧 백열한 번째 생일날 특별히 성대한 잔치를 열겠다고 선언하자 호빗골은 **무척 떠들썩해졌다.**

❺ "일라이자 베넷 양, **저를 따라** 방을 한 바퀴 돌아보실래요?"

  * 화자인 Miss Bingley는 Elizabeth에게 완곡한 어조로 제안을 하고 있다. let me persuade you to follow my example을 '저를 따라'로 압축하고 완곡함은 의문문 전환으로 대체하였다.

❻ 파리자드가 오빠의 칼을 **꺼내 보니** 칼날에 녹이 슬어 있었다.

❼ 하지만 다른 나라 정부에서는 **부채의 화폐화**를 선택하여 인플레이션을 끌어올릴 수도 있다.

  * 부채의 화폐화: 정부의 재정적자를 보전하기 위해 중앙은행에 국채를 매각하는 정책.

❽ 지난 20년 동안 유례없는 성장과 안정 이후에 **선진국 역사상** 최악의 금융위기가 이어졌다.

  * 관계대명사절을 수식어구로 압축한 전형적 사례이다.

❾ Kate is very selective as to who gets invited to the wedding, as she doesn't want **every Tom, Dick, and Harry** turning up.

❿ They would rather bear those ills they have, as Shakespeare pointed out, than flee to others that they know not of.

* Martin Luther King, Jr., "Three Ways of Meeting Oppression". ill: (주로 복수형으로 격식체에서) 문제, 해악, 병. Hamlet은 독백 중에 사람들이 '죽음 이후의 세계'(다른 세계)가 어떠한지 알 수 없기 때문에 현재의 시련과 고난을 견디는 쪽을 택한다고 말한다.

⓫ I am facing a vexing issue, and I hope you can help me figure out **what to do**.

⓬ He would sometimes catch her large, worshipful eyes, **that had no bottom to them looking at him from their depths**, as if she saw something immortal before her.

* Thomas Hardy, *Tess of the d'Urbervilles*. 지정 대목을 구문 그대로 번역하면 '깊은 곳에서 그를 바라보는 두 눈은 바닥조차 보이지 않았다.'가 된다.

⓭ He was a heavy man about five feet ten inches tall and his hands and feet were large.

❾ 케이트는 **아무나** 결혼식에 오는 것을 원치 않기 때문에 결혼식에 누구를 초대할지를 놓고 무척 고심하는 중이다.

❿ 셰익스피어가 지적했듯이 그들은 알지 못하는 다른 세계로 달아나기보다 차라리 **현재의 고난**을 참는 쪽을 택합니다.

⓫ 저는 골치 아픈 문제가 하나 있는데, 선생님께서 **해결책**을 찾아낼 수 있도록 도와주시면 좋겠어요.

⓬ 그는 이따금 존경심이 가득한 그녀의 커다란 두 눈을 목격하곤 하였는데, **끝없이 깊은 심연에서 솟아 나오는** 그 눈길은 마치 눈앞에 불멸의 존재를 대하고 있는 듯하였다.

⓭ 그는 약 5피트 10인치 되는 키에 **손발이 큼직큼직한** 육중한 몸집의 사내였다.

⓮ No longer a promising youth, David is by now **a battle-tempered veteran**, with a group of loyalists who have fought — and remained — by his side.

⓯ When the woman asked **to whom she should make the check payable**, the burglar gave his own name, in full.

⓰ Even if I had attempted to dine her, I don't believe it would have been possible; the emotional strain of the afternoon had caused me to perspire uninterruptedly, and any restaurant would have **been justified** in rejecting me solely on the ground that I was too moist.

* E. B. White, "Afternoon of an American Boy".

II. 어구 일부로 전체를 대체하기

어구의 일부만으로 전체를 나타내는 것도 효과적인 압축의 요령 중 하나이다. 구문상의 차이로 영어 표현의 일부는 한국어로 옮길 때 생략(무시)해도 무방한 경우가 종종 있기 때문이다.

⑭ 다윗은 이제 앞날이 창창한 청년이 아니라 **백전노장**이 되었으며, 그의 곁에는 그를 위해 싸우고 끝까지 남은 충성스러운 용사들이 포진해 있다.

⑮ 여자가 **수표수취인을 누구로 해야 하는지** 묻자, 강도는 자기 성과 이름을 모두 알려 주었다.

⑯ 그녀와 식사를 하려고 했더라도 가능했을 것 같지 않다. 왜냐하면 그날 오후 나는 정신적 긴장을 한 탓에 쉬지 않고 땀을 흘렸고, 또 어떤 식당이든 그저 땀을 너무 많이 흘린다는 이유만으로도 **당연히** 나를 쫓아냈을 것이기 때문이다.

❶ I mentioned casually that my doctor had absolutely forbidden me **to drink champagne.**

* Somerset Maugham, "The Luncheon". 맥락상 '마시다'(drink)를 무시하고 '샴페인'으로 압축하는 것이 훨씬 자연스럽다.

❷ Recently, my Irish friend Richard had a cocktail party at his flat and **invited me to attend.**

❸ On one occasion seeing her walk eight miles on an expedition that she particularly wanted to make, I suggested to Tom Maitland that **she was stronger than one would have thought.**

* Somerset Maugham, "Louise".

❹ Her mother did not see life as **Tess saw it.** That haunting episode of bygone days was to her mother but a passing accident.

* Thomas Hardy, *Tess of the d'Urbervilles.*

❶ 나는 무심결에 의사가 내게 **샴페인을** 절대적으로 금했다고 말했다.

❷ 최근 내 아일랜드 친구 리처드가 자기 아파트에서 칵테일파티를 열면서 **나를 초대했다.**

   * to attend를 번역하면 오히려 문장이 더 어색해진다.

❸ 한번은 그녀가 특히 가고 싶어 하던 여행에서 8마일이나 걷는 것을 보고, 나는 톰 메이틀랜드에게 **그녀가 생각보다 건강하다**고 넌지시 일러 주었다.

   * one would have thought를 '생각'(thought)이란 한 단어로 압축하면 훨씬 명쾌해진다.

❹ 어머니가 인생을 보는 눈은 **테스와는** 달랐다. 그 잊을 수 없는 지난날의 사건은 어머니에겐 우연히 지나가는 일에 불과했다.

   * 소설 『더버빌가의 테스』에서 주인공은 결혼을 앞두고 어머니께 남편이 될 사람에게 자신의 과거를 말해야 하는지 묻자, 어머니는 절대로 발설하지 말라고 신신당부를 한다.

❺ I tend to be attracted to pre-war and post-war settings because I'm interested in this business of values and ideals being tested, and people having to face up to the notion that their ideals weren't quite what they thought they were before the test came.

* Kazuo Ishiguro by Graham Swift, https://bombmagazine.org/articles/kazuo-ishiguro

❻ I've always done my duty in that state of life in which it has pleased Providence to place me.

* Somerset Maugham, "The Ant and the Grasshopper". 지정 대목을 문법에 따라 직역하면 '나를 데려다 놓으면 신을 기쁘게 하는 (그런) 자리'가 된다.

❼ One of the simplest ways to stay happy: just let go of the things that make you sad.

❽ The responsibility was shifted, and her heart was lighter than it had been for weeks.

* Thomas Hardy, *Tess of the d'Urbervilles*.

❾ One of the most beautiful demonstrations is an experiment conducted by the psychologist Daniel Simons in which he had an experimenter stop random strangers on the street and ask for directions.

❺ 제가 전전(戰前) 및 전후(戰後)라는 배경에 매력을 느끼는 까닭은 가치와 이상이 시험받는 양상, 그리고 사람들이 그들의 이상이 **시험받기 전에 생각했던 것과** 다르다는 점을 직시할 수밖에 없는 상황에 관심이 있기 때문입니다.

❻ 나는 늘 **조물주가 기뻐하시는 자리**에서 내 의무를 다해 왔소.

❼ **행복**을 위한 매우 간단한 방법 중의 하나는 당신을 슬프게 하는 것들을 놓아 버리는 겁니다.

❽ 책임을 전가하고 나자 그녀의 마음도 **지난 몇 주와는 달리** 가벼워졌다.

❾ 이것을 가장 잘 보여 주는 좋은 예는 **심리학자 대니얼 사이먼스의 실험**으로, 그는 실험자에게 길거리에서 무작위로 사람들의 길을 막고 길을 물어보게 하였다.

* conducted를 생략해도 자연스러운 번역이 가능함을 알 수 있다.

⑩ Grotesques are born **out of eggs as out of** people. The accident does not often occur—perhaps once in a thousand births.

* Sherwood Anderson, "The Egg".

⑪ He is **more diligent than** his brother.

* '그는 동생보다 더 부지런하다'. 지정 대목에 유의하며 이 번역이 어느 정도 (부)자연스러운지 잠시 음미해 보도록 하자.

⑫ And didn't Goethe say that Byron was **the finest brain that Europe had produced since Shakespeare?**

* A. G. Gardiner, "On the Philosophy of Hats".

⑬ And to keep him from the door was impossible. Cats prowled outside. It was **worse than having a child to look after.**

⑭ At last, **when she judged it to be the right moment,** Mrs. Mooney intervened.

* James Joyce, "The Boarding House".

---

⑩ **사람과 마찬가지로 달걀에서도** 괴상한 놈이 나온다. 이 사고는 자주 일어나지는 않는다 ― 대략 천 개 중 하나 정도.

> * 두 번째 out of를 억지로 번역할 필요는 없다.

⑪ 그는 동생**보다** 부지런하다.

> * 비교급의 번역에 쓰이는 '~보다'는 우리말로 격조사라고 하며 '앞말에 비해서'라는 뜻이다. 그런데 '보다 더'라는 표현은 원어를 기계적으로 옮기는 과정에서 만들어진 것으로 추정되는 어색한 말로, 우리말에서는 '더'를 생략하는 것이 자연스럽다. 국립국어원 표준국어대사전에 실린 조사 '~보다'의 예문에는 어느 경우에도 '더'가 없다. 1) 내가 너보다 크다. 2) 그는 누구보다도 걸음이 빠르다. 3) 그는 나보다 두 살 위다. 물론 종종 '보다 더' 또는 '보다 덜'로 표기해야 하는 경우도 있지만, 가급적 '더'나 '덜'을 생략하는 것이 훨씬 자연스럽다.

⑫ 괴테는 바이런이 셰익스피어 이후로 **유럽에서 가장 똑똑한 사람**이라고 말하지 않았던가?

⑬ 그리고 그 녀석을 문간 근처에 못 가게 하는 것은 불가능했다. 바깥에는 고양이들이 우글거렸던 것이다. 녀석을 지키는 것은 **아이 하나 돌보는 것보다 힘든** 일이었다.

⑭ 마침내 무니 부인은 **이때라고** 판단을 한 순간 개입하였다.

> * 이 대목은 문법적으로는 "It is the right moment" 구문을 압축한 것인데, 번역문을 보면 이러한 문법 지식이 오히려 번역에 방해가 되는 것을 알 수 있다.

Ⅲ. 복문의 압축

복문을 이끄는 I think나 I'm sure, I fancy, It seems 등의 표현은 우리말로
그대로 옮기면 주어가 두 개 있는 어색한 문어체의 느낌을 줄 때가 많다. 따
라서 이를 축약형 부사나 부사구로 전환하거나 또는 문장 말미에 어미(어구)
를 적절히 변경하여 의미를 살리면 훨씬 간결하고 자연스러운 번역이 된다.

❶ The fact is, you ruin your palate by all the meat you eat.

* Somerset Maugham, "The Luncheon".

❷ I'm sure you can make a good impression.

❸ I'll bet he will come.

❹ I declare after all there is no enjoyment like reading! How
much sooner one tires of any thing than of a book!

* Jane Austen, *Pride and Prejudice*.

❶ **실은** 선생님이 드시는 그 모든 고기 때문에 미각을 버리시는 겁니다.

❷ **분명히** 좋은 인상을 줄 수 있을 겁니다.

❸ 그는 **틀림없이** 올 것이다.

❹ **정말이지** 뭐니 뭐니 해도 독서만한 오락은 없지요! 책만큼 싫증이 잘 나지 않는 것도 없어요!

❺ It is possible that the habit would have grown on him, which Louise would not have liked at all.

* Somerset Maugham, "Louise".

❻ I feel as if there is a surveillance camera following my every move.

* 여기부터는 종속절의 마무리를 적절한 어구로 요약하여 압축하는 사례이다.

❼ I worry that if I let him get away with this, he will behave in a dishonorable way with others.

❽ I am not going to tell a mother to sue her son, but I do hope his brothers will lean on him hard to do the decent thing.

❾ It sounds as if Harry may be bordering on paranoia.

❺ **아마** 그는 점점 더 그 습관에 빠져들었을 것이고, 루이즈는 그것을 전혀 좋아하지 않았을 것이다.

❻ 마치 저의 일거수일투족을 쫓아다니는 감시 카메라가 있는 **것 같습니다.**

❼ 그가 이렇게 하도록 그냥 놔두면 다른 사람한테도 창피한 짓을 계속할까 봐 **걱정입니다.**

❽ 어머니한테 자기 아들을 고소하라고 하지는 않겠습니다만, 저는 형제들이 그 아이에게 처신을 제대로 하도록 강하게 압박을 했으면 **정말 좋겠습니다.**

❾ 해리는 거의 편집증일지도 모른다는 **생각이 듭니다.**

⑩ "I never eat more than one thing. I think people eat far too much nowadays. A little fish, perhaps. I wonder if they have any salmon."

* Somerset Maugham, "The Luncheon".

⑪ I am much mistaken if there are not some among us to whom a ball would be rather a punishment than a pleasure.

* Jane Austen, *Pride and Prejudice*.

⑫ But I wondered what the bill would come to.

* Somerset Maugham, "The Luncheon".

⑬ It is reported the UK is considering whether to apply diplomatic protection on this case.

* It is reported (that): =Reportedly.

⑩ "전 한 가지만 먹어요. **제 생각에** 요즘 사람들은 너무 많이 먹어요. 혹시 작은 생선 하나 정도라면 몰라도. 연어가 식당에 있는지 **모르겠어요.**"

⑪ 우리 가운데 무도회를 오락이 아니라 벌로 여기는 사람이 있을 거라는 점은 **확실합니다.**

⑫ 하지만 **내가 궁금했던 것은** 계산서 금액이 얼마나 나올까 하는 것이었다.

⑬ **보도에 의하면** 영국은 이 경우에 외교적 보호를 제공해야 하는지를 검토하고 있다고 한다.

9장

반전의 묘미

•
•
•

■ 반전 번역의 묘미

반전(反轉)의 사전적 의미는 '위치, 방향, 순서 따위가 반대로 됨', '일의 형세가
뒤바뀜' 등이다. 출발어를 기계적으로 도착어로 옮기지 말고 여러 차원에서 발
상을 뒤집어 보면 자연스러운 번역문을 만들 수 있다.

■ 반전 번역의 유형

긍정문과 부정문의 교환, 평서문과 의문문의 교환, 직설법과 가정법의 교환 등
이 대표적인 반전 번역의 사례에 해당한다. 이 밖에 무생물주어 구문이나 수
동태 번역에서 본 바와 같은 주어와 목적어 등의 교환을 일반 문장에서도 적용
해 볼 수 있다. 나아가 문장 차원이 아니라 개별 단어의 차원에서도 대조 또는
대구, 심지어 정반대되는 단어를 사용하면 오히려 더 깔끔한 번역이 될 때가
있다.

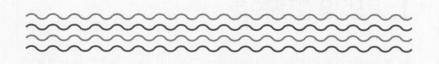

 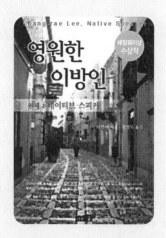

『영원한 이방인』은 한국계 미국작가 이창래(Chang-rae Lee)의 데뷔작 *Native Speaker*의 번역본(정영목 역, 1996)이다. 한국계 이민 2세인 사설탐정 헨리를 통해 이민자의 정체성 문제를 탐구하는 작품으로, 작가는 '원어민'(native speaker)이란 단어의 개념에 이의를 제기하며 누구나 '부모에게 물려받은 언어의 사용자'라는 점에서 원어민임을 암시한다. 번역자는 흥미롭게도 발상을 완전히 뒤집어 '원어민'과 대척점에 있는 '이방인'을 번역본의 제목으로 채택하였다. 정치인 존 강과 만나며 서서히 정신적 성장을 이루는 주인공은 두 세계 어디에도 안주할 수 없는 '영원한 이방인'임을 절감하게 되며 마침내 이러한 이방인의 상태를 은근히 즐기기도 한다. 이른바 그 땅의 원어민도 한때는 이방인이었고, 그렇다면 우리 모두는 언제나 원어민이며 또 누구에게나 이방인일 수 있기 때문이다.

I. 부정문을 긍정문으로

각 언어별로 특정 표현을 위해 애용하는 구문들이 있다. 긍정문과 부정문의
선택도 여기에 해당한다. 영어로는 부정문 또는 부정문에 가까운 구조를 취
하는 문장이지만 한국어로는 긍정문으로 옮기면 훨씬 자연스러운 번역이 될
때가 많다. 다음 예문들의 상당수는 '반전'의 개념을 쓰지 않았을 뿐 이미 뒤
집어 번역하기의 요령을 적용한 것들이다.

> ❶ I **never** lent him fifty pounds **without** feeling that I was in
> his debt.

* Somerset Maugham, "The Ant and the Grasshopper". 부정의 어구가 두 번 이
어지면서 긍정의 의미로 쉽게 변환된다.

> ❷ "If you insist I **don't mind having** some asparagus."

* Somerset Maugham, "The Luncheon".

> ❸ But when circumstances forced George to realise that his
> brother would never settle down and he washed his hands
> of him, Tom, **without a qualm**, began to blackmail him.

* Somerset Maugham, "The Ant and the Grasshopper". without a qualm: 태
연하게. 부정문은 아니지만 without 때문에 개념상 부정문과 유사한 어감을 준다.

❶ 나는 그에게 50파운드를 **빌려줄 때마다** 그에게 갚을 빚이 있다는 느낌이 들었다.

❷ "그래도 억지로 권하신다면 아스파라거스는 조금 **먹어 볼게요.**"

❸ 하지만 동생(톰)이 자리 잡고 정착할 생각이 없다는 것을 조지가 깨닫고 동생한테서 손을 떼는 상황이 되자, 톰은 **태연하게** 형을 협박하기 시작했다.

❹ There are times that make me emotional for no reason.

* for no reason: 괜히, 공연히. 머리글자를 따서 FNR로 줄여 쓰기도 한다.

❺ He put words into Richard's mouth, and wouldn't stop asking the most irrelevant question.

❻ Let's not wait for the grass to grow.

* J. K. Rowling, *Harry Potter*. cf. let the grass grow under(round) one's feet: 꾸물대다가 기회를 놓치다.

❼ He lost no time in going to the old people and asking if they happened to have a mortar which they could lend him.

* Andrew Lang, *The Violet Fairy Book*.

❽ What I couldn't understand is that she had no problem at all with the situation. How could it not bother her?

❾ He did not return to visit Japan until 1989, nearly 30 years later, as a participant in the Japan Foundation Short-Term Visitors Program.

❹ **괜히** 울컥할 때가 있다.

❺ 그는 리처드가 하지도 않은 말을 했다고 우기고 전혀 관계없는 질문을 **퍼부어 댔다.**

❻ **이러다 날 새겠다.**

❼ 그는 **곧바로** 노인들에게 가서 혹시 자기한테 빌려줄 수 있는 절구가 있는지 물었다.

❽ 내가 이해할 수 없었던 것은 그녀는 그 상황을 아무렇지도 않게 여겼다는 점이다. **그게 어째서 괜찮단 말인가?**

❾ **그가 일본을 다시 찾은 것은** 거의 30년 뒤인 1989년 일본 국제교류기금의 단기 방문 프로그램에 참여했을 때였다.

⑩ Her mother **did not see life as Tess saw it.** That haunting episode of bygone days was to her mother but a passing accident.

* Thomas Hardy, *Tess of the d'Urbervilles*.

⑪ The blacksmith of the village had got hold of Richardson's novel of *Pamela, or Virtue Rewarded*, and used to read it aloud in the long summer evenings, seated on his anvil, **and never failed to have a large and attentive audience.**

* 18세기 초에 발표된 초기 영국소설 *Pamela, or Virtue Rewarded*의 대중적 인기를 설명한 글의 일부.

⑫ They were never out of the sound of some purling weir, whose buzz accompanied their own murmuring, while the beams of the sun, almost as horizontal as the mead itself, formed a pollen of radiance over the landscape.

* Thomas Hardy, *Tess of the d'Urbervilles*.

⑬ No war without women.

⑩ 어머니가 **인생을 보는 눈은 테스와는 달랐다.** 그 잊을 수 없는 지난날의 사건은 어머니에겐 우연히 지나가는 일에 불과했다.

⑪ 마을의 대장장이는 긴 여름날 저녁마다 자신의 모루 위에 앉아 리처드슨의 소설 『패멀라 ― 보상받은 덕성』을 손에 들고 읽었고 **늘 어김없이 많은 청중들이 모여 귀를 기울이곤 했다.**

⑫ **그들이 가는 곳은 어디나 강둑에서 소용돌이치는 물소리가 따라오면서** 그들이 속삭이는 소리에 장단이라도 맞추는 듯 부글거렸고, 풀밭만큼이나 거의 수평으로 펼쳐져 있는 햇살은 풍경 위로 찬란한 꽃가루를 뿌리고 있었다.

⑬ **사건 뒤에 여자 있다.**

* '여자 없이 싸움 없다'. 트로이 전쟁에서 유래한 것으로 추정되는 이 속담은 모든 불화에는 여성이 개입되어 있다는 끔찍한 반여성주의적 편견을 담은 말이다. war와 women이 두운(alliteration)을 이루고 있어 더욱 쉽게 읽힌다. 흥미로운 것은 사건을 수사하는 형사들이 이를 '사건 뒤에 여자 있다'라는 긍정문으로 풀어 활용한다는 점이다. 미국 공군에서 여군의 활약상을 다룬 어떤 자료에서는 거꾸로 '여군 없이 전쟁 못 한다'는 뜻으로 이 속담을 패러디하여 사용한 바 있다.
출처: https://www.thefreelibrary.com/Women+in+the+Air+Force—an+unbroken+tradition+of+excellence.-a0116737229

Ⅱ. 긍정문을 부정문으로

거꾸로, 긍정문이지만 부정문으로 번역해야 자연스러운 우리말이 되는 경우역시 적지 않다. 여기서 부정문이란 단지 형식상의 부정문만을 뜻하는 것은아니다.

❶ We really enjoyed our dinner at Foyot's. Lord knew what they cost.

* Somerset Maugham, "The Luncheon".

❷ Regarding money handling, I accepted his unfair request. I had to do it.

❸ The consequences of failure go beyond just Afghanistan.

* 아프가니스탄 전쟁 관련 언론보도의 한 대목이다.

❹ 'Oh yes! She's the most beautiful creature I've ever seen!'

❺ The opening times of some galleries may be limited at short notice.

❻ Then the only thing would be to leave my watch and say I would come back and pay later.

* Somerset Maugham, "The Luncheon".

❶ 우리는 포요 식당에서 정말로 맛있는 저녁 식사를 했다. 식대가 얼마나 나올지 **아무도 몰랐다.**

❷ 돈 처리와 관련하여 나는 그의 부당한 요청을 받아들였다. **다른 수가 없었다.**

❸ 실패하면 그 결과는 아프가니스탄에 **그치지 않는다.**

❹ '아, 맞아요! 그녀처럼 아름다운 사람을 **난 아직 보질 못했어요!'**

❺ 일부 전시실의 개관 시간은 **충분한 예고 없이** 제한될 수 있습니다.

❻ 그러면 시계를 맡기고 나중에 와서 갚겠다고 말하는 **수밖에 없었다.**

❼ "Personally, as a Scandinavian living in the UK, I find the English understated and sarcastic sense of humour hard to understand. **It often completely passes me by.**"

* Claire Carter, "Vikings brought sarcastic sense of humour to Britain".

❽ We often talked like this, our tone decidedly **matter-of-fact, chin up.**

* Chang-rae Lee, "Coming Home Again".

❾ The government advised residents in Seoul and the nearby area to **stay indoors and keep their windows closed.**

❿ "They fool about with boats on that big river — and that isn't natural. Small wonder that **trouble came of it, I say.**"

* J.R.R. Tolkien, *The Lord of the Rings*. 여기서 small wonder는 not at all surprising이란 뜻으로, 둘째 문장은 직역하면 '거기서 문제가 발생한다 해도 놀랄 일이 아니다.'라는 뜻이다.

⓫ A happy smile spread over his broad, priest-like face, and he assured me that they had some so large, so splendid, so tender, that **it was a marvel.**

* Somerset Maugham, "The Luncheon".

❼ "개인적으로 영국에 사는 스칸디나비아인으로서 나는 영국식의 절제되고 냉소적인 유머가 이해하기 힘들다. **전혀 이해하지 못할 때가 자주 있다.**"

❽ 우리는 자주 이런 식으로 얘기를 나눴다. 기운을 내어 정말 **아무 일도 없다는 듯한** 어조로.

❾ 정부는 서울과 인근 지역에 거주하는 주민들에게 **집 밖에 나오지 말고 창문을 열지 말 것을** 당부했다.

❿ "그들은 그 큰 강에서 배를 타고 빈둥거리며 놀기도 한다더군. 그건 정상이 아니야. **사고가 안 나는 게** 이상할 정도라니깐."

⓫ 종업원의 사제 같은 큼직한 얼굴 위로 행복한 미소가 퍼져 나갔고, 그는 무척 크고 무척 근사하고 무척 부드러운 아스파라거스가 있다고 하면서 **보통 아스파라거스가 아니라고** 자신 있게 말했다.

⑫ It was long since I had last seen her and if someone had not mentioned her name I hardly think I would have recognised her.

* Somerset Maugham, "The Luncheon".

⑬ You must take me for fool if you think I would lend you such a huge amount of money.

III. 비교 구문 뒤집기

영어는 우리말보다 비교 구문의 활용에 능하며, 긍정문과 부정문의 교환 번역은 비교급에서 특히 효과적일 때가 많다. 비교 구문에서는 종종 긍정을 부정으로, 부정을 긍정으로 바꾸면 번역이 훨씬 쉬워지는데 대개는 비교 구문이 아닌 일반 구문으로 번역된다.

❶ You couldn't have come at a better time.

❷ "No," she answered, "I never eat more than one thing. Unless you had a little caviare. I never mind caviare."

* Somerset Maugham, "The Luncheon". 세 개의 부정문이 연속되어 있으나 모두 긍정문으로 고쳐도 정상 번역이 가능한 특이한 예문이다.

⑫ 그녀를 마지막으로 본 것이 오래전이어서 나는 누군가 그녀 이름을 언급하지 않았더라면 **누군지 알아보지 못했을 것이란 생각이 든다.**

> * 주절의 부정어구(hardly)가 번역문에서 종속절로 옮겨져 있다. 일률적으로 정의하기는 어려우나, 주절의 동사가 think, believe인 경우 종속절과 주절의 긍정, 부정을 교환하는 것이 자연스러울 때가 있다.

⑬ 내가 너한테 그렇게 엄청나게 많은 돈을 빌려 줄 거라고 생각하는 걸 보면 **나를 바보로 잘못 알고 있는** 게 틀림없군.

❶ **딱 좋은 시간에 오셨군요.**

❷ "아뇨." 그녀가 대답했다. "저는 **한 가지만** 먹어요. 캐비어가 약간 있으면 또 **모르죠**. 캐비어는 **괜찮겠어요**."

❸ The guide contains details of **no less than 115 hiking routes.**

❹ I declare after all there is no enjoyment like reading! **How much sooner one tires of any thing than of a book!**

* Jane Austen, *Pride and Prejudice.*

❺ He knows **better than** to park a car in the middle of the road.

❻ "But, my dear, you must indeed go and see Mr. Bingley when he comes into the neighbourhood."
"**It is more than I engage for, I assure you.**"

* Jane Austen, *Pride and Prejudice.*

❼ When a nimble Burman tripped me up on the football field and the referee (another Burman) looked the other way, the crowd yelled with hideous laughter. **This happened more than once.**

* George Orwell, "Shooting an Elephant". look the other way: 못 본(모르는) 척 하다.

❽ He certainly **knew more than** he told his secretary.

❸ 그 안내 책자에는 **무려 115개의 등산로**가 상세하게 실려 있다.

❹ 정말이지 뭐니 뭐니 해도 독서만한 오락은 없지요! **책만큼 싫증이 잘 나지 않는 것도 없어요!**

❺ 그는 도로 한복판에 차를 세워 둘 만큼 **어리석지는 않다.**

❻ "그렇지만 여보, 빙리 씨가 오면 당신이 꼭 가서 만나 봐야 해요."
"분명히 말하지만, **그건 확답할 수가 없소.**"

❼ 날렵한 버마인이 축구장에서 내 발을 걸어 넘어뜨리고 (역시 버마인인) 심판이 못 본 척하고 있으면, 관중들은 음흉한 웃음과 함께 환호성을 올렸다. **이런 일이 한두 번이 아니었다.**

❽ 분명히 그는 자신이 알고 있는 것을 비서에게 **다 말하지는 않았다.**

❾ "But be that as it may, Mr. Frodo is as nice a young hobbit as you could wish to meet. Very much like Mr. Bilbo, and in more than looks. After all his father was a Baggins."

* J.R.R. Tolkien, *The Lord of the Rings*.

Ⅳ. 의문문과 평서문의 교환

한국어에서는 문장의 종결 표현을 중요한 문법 범주로 구분하고 있다. 종결어미에 따라 청자에게 전하는 화자의 생각이나 느낌이 달라지기 때문이다. 평서문, 의문문, 명령문, 청유문(영어의 1인칭 명령문), 감탄문 등이 이 범주의 구성 요소인데, 번역 시 이들을 적절히 바꾸어 쓰면 자연스러운 번역문이 될 때가 많다.

❶ "Why don't you follow me on the road to freedom? Imagine a life where nobody can hurt you."

* Us the Duo, 〈Follow Me〉.

❷ "I don't altogether think I ought to go," said Tess thoughtfully. "Who wrote the letter? Will you let me look at it?"

* Thomas Hardy, *Tess of the d'Urbervilles*.

❾ "그런데 그건 그렇다 치고, 프로도 씨는 자네들 누구나 만나 보고 싶어 할 만큼 멋진 호빗 청년이라네. 빌보 씨와 다를 바 없어. **외모만 그런 게 아니야.** 아버지 쪽이 골목쟁이네인데 어련하겠는가?"

* Baggins: 작가 Tolkien은 이 말이 고유명사(이름)지만 소리로 옮기지 말고 '골목 끝 집에 사는 사람'이란 뜻으로 번역할 것을 번역자들에게 요구하였다.

❶ "저와 함께 자유로 향하는 길을 **떠나 봅시다.** 아무도 여러분에게 상처 줄 수 없는 삶을 상상해 보세요."

* 형식은 의문문이지만 내용상 가벼운 권유에 해당하는 문장이 많다.

❷ "꼭 가야 될 것 같지는 않아요," 테스가 생각에 잠겨 말했다. "누가 쓴 편진데요? **이리 줘 보세요.**"

❸ "We shall leave this part of England — perhaps England itself — and what does it matter how people regard us here? You will like going, will you not?"

* Thomas Hardy, *Tess of the d'Urbervilles*. 남자 주인공 Angel이 Tess에게 구혼하며 설득하는 말로, 전형적인 수사의문문이다.

❹ "You shouldn't listen to all you hear, Sandyman," said the Gaffer, who did not much like the miller.

* J.R.R. Tolkien, *The Lord of the Rings*. gaffer: (시골의) 늙은이, 영감.

❺ I am sure you would not wish to put words into the company's mouth.

❻ "But be that as it may, Mr. Frodo is as nice a young hobbit as you could wish to meet. Very much like Mr. Bilbo, and in more than looks. After all his father was a Baggins."

* J.R.R. Tolkien, *The Lord of the Rings*.

❼ "Miss Eliza Bennet, let me persuade you to follow my example, and take a turn about the room."

* Jane Austen, *Pride and Prejudice*.

❸ "우린 이 지방을 떠날 겁니다―아니 영국이란 나라를 떠날지도 몰라요―그러니 여기서 사람들이 뭐라 하든 **아무 상관없어요. 나 하고 같이 갈 거죠?"**

❹ "샌디맨, **자네는 남이 하는 말을 다 믿나?"** 방앗간지기를 그리 좋아하지 않던 영감이 말을 받았다.

❺ 회사에서 하지도 않은 말을 했다고 주장하려는 건 **아니겠죠?**

❻ "그런데 그건 그렇다 치고, 프로도 씨는 자네들 누구나 만나 보고 싶어 할 만큼 멋진 호빗 청년이라네. 빌보 씨와 다를 바 없어. 외모만 그런 게 아니야. **아버지 쪽이 골목쟁이네인데 어련하겠는가?"**

❼ "일라이자 베넷 양, **저를 따라 방을 한 바퀴 돌아보실래요?"**

V. 직설법과 가정법(조건문)의 교환

직설법, 명령법, 가정법도 서로 교환하여 번역하면 자연스러운 번역문을 만드는 데 도움이 된다.

❶ If she had not joined the team, we could not have completed the mission.

* 가정법은 고유의 맥락을 지니지만 직설법으로 변환해도 특별한 의미 차이가 없을 때도 있다.

❷ "What is the use of a statue if it cannot keep the rain off?" he said; "I must look for a good chimney-pot," and he determined to fly away.

* Oscar Wilde, "The Happy Prince".

❸ If he has two sons, then he has at least two children.

❹ We'd kindly ask that you arrive 15 minutes before your scheduled time slot. Arriving more than 30 minutes late of your designated time will result in being allocated to the next available time slot.

* 사물주어 구문의 주어를 조건문으로 전환하였다.

❶ **그녀가 팀에 합류했기에 망정이지**, 우리는 임무를 완수하지 못할 뻔했다.

❷ 제비는 **"무슨 동상이 비도 못 막아 줘. 괜찮은 굴뚝이나 찾아봐야 지."**하며 막 날아가려던 참이었다.

❸ **그가 아들이 둘이라는 것은**, 적어도 자식이 둘은 있다는 뜻이다.

❹ 예정 시간보다 15분 일찍 도착하실 것을 정중히 요청 드립니다. **예정 시간보다 30분 이상 늦게 도착하시면** 다음번 가능 시간대로 배정하게 됩니다.

⑤ Failure to provide this information may affect eligibility for benefits.

⑥ "Bears frequent this area. Unattended food, coolers or trash will result in a fine."

VI. 주어 바꾸어 쓰기

무생물주어 구문이나 수동태의 번역에서 목적어를 주어로 전환하여 자연스러운 번역문을 만드는 요령을 확인한 바 있다. 하지만 이런 경우가 아닌 일반 문장에서도 주어와 목적어, 또는 주어와 서술어를 바꾸어 문장을 뒤집으면 번역문을 훨씬 쉽게 만들 수 있다.

❶ He is driving me absolutely crazy. Any suggestions?

❷ In the matter of girls, I was different from most boys of my age. I admired girls a lot, but they terrified me.

* E. B. White, "Afternoon of an American Boy".

❺ **이 정보를 제공하지 않으면** 보험금 수령 자격에 영향이 있을 수도 있습니다.

❻ "곰이 출몰하는 구역입니다. **음식이나 간이냉장고, 쓰레기를 방치하면** 벌금이 부과됩니다."

❶ 정말 그 사람 때문에 미치겠습니다. 좋은 수가 없을까요?

* 개인의 감정/정서의 변화와 관련하여 한국어에서는 변화가 일어난 당사자를 주어로 취하면 편하다. 다음 문장도 마찬가지이다.

❷ 여자애들 문제에서 나는 내 나이 또래 대부분의 남자애들과 달랐다. 여자애들을 무척 좋아했지만 **나는 여자애들이 무서웠다.**

* 한국어 특유의 이중주어 구문으로 번역하였다.

❸ The solution isn't to make races less expensive by making them less competitive.

❹ "...Such a fearful bore," the cooing one was saying. "I can never move a step without finding him there. And nothing penetrates his hide. I've told him that I hate Jews, that I think he's ugly and stupid and tactless and impertinent and boring. But it doesn't seem to make the slightest difference."

* Aldous Huxley, "Half-Holiday".

❺ And if that was not enough for fame, there was also his prolonged vigour to marvel at. Time wore on, but it seemed to have little effect on Mr. Baggins.

* J.R.R. Tolkien, *The Lord of the Rings*.

❻ You saved my life.

❸ **경쟁을 둔화시킴으로써 선거(경쟁) 비용을 줄이는 것은 해결책이 될 수 없다.**

 * 주어와 보어를 교환한 예문이다. 영어에서는 서술어보다 길이가 긴 주어를 회피하는 경향이 있는데, 이 문장의 경우 한국어에서는 후반부의 보어를 주어로 바꾸어도 의미 손상이 없음을 알 수 있다.

❹ 달콤한 목소리가 말하고 있었다. "엄청나게 지겨운 사람이야. 걸음을 옮길 때마다 그 작자가 따라다니는 거야. **낯가죽이 얼마나 두꺼운지.** 내가 말했거든. 난 유대인이 싫고 또 그가 못생기고 멍청하고 요령도 없고 뻔뻔하고 지겹다고. 그런데도 아무 소용이 없는 것 같아."

❺ 그 점만으로 그의 명성에 대한 설명이 부족하다면, 여전히 정정한 그의 젊음 또한 경이의 대상이었다. 세월이 흘러도 **골목쟁이 씨는 전혀 변한 게 없는 것 같았다.**

 * 전치사의 목적어인 사람을 주어로 내세워 훨씬 자연스러운 표현을 만들었다.

❻ **덕분에 살았습니다.**

❼ But George Hobhouse had not the stamina of Louise's first husband and he had to brace himself now and then with a stiff drink for his day's work as Louise's second husband. It is possible that the habit would have grown on him, which Louise would not have liked at all, but very fortunately (for her) the war broke out.

* Somerset Maugham, "Louise".

❽ I am much mistaken if there are not some among us to whom a ball would be rather a punishment than a pleasure.

* Jane Austen, *Pride and Prejudice*.

VII. 어휘의 반전

특정 단어를 그대로 옮기지 말고 대조, 대구가 되는 단어나 아예 반의어를 사용하면 오히려 명쾌하고 요령 있는 번역이 될 때가 있다. 이런 번역은 거의 창작문에 가깝다.

❶ "You know, there's one thing I thoroughly believe in. One should always get up from a meal feeling one could eat a little more."

* Somerset Maugham, "The Luncheon".

❼ 하지만 조지 홉하우스는 루이즈의 첫 남편 같은 끈기가 없었고, 그래서 루이즈의 둘째 남편으로서 일과를 수행하느라 가끔 독주로 버텨 내야만 했다. 아마 **그는 점점 그 습관에 빠져들었을 것이고**, 루이즈는 그것을 전혀 좋아하지 않았겠지만 (그녀에게는) 무척 다행스럽게도 전쟁이 터졌다.

❽ 우리 가운데 **무도회를 오락이 아니라 벌로 여기는 사람**이 있을 거라는 점은 확실합니다.

❶ "제가 정말 옳다고 믿는 게 한 가지 있는데, 아세요? 항상 **조금 모자란다 싶을 때** 식사를 그만둬야 한다는 겁니다."

* '더 먹다'(eat a little more)란 표현을 '모자라다'라는 말로 뒤집어 버린 특이한 사례이다.

❷ When a nimble Burman tripped me up on the football field and the referee (another Burman) **looked the other way**, the crowd yelled with hideous laughter. This happened more than once.

* George Orwell, "Shooting an Elephant".

❸ While there isn't one definitive answer to the question "is **staying up late** bad for you?", studies show it could have some harmful effects on your health.

❹ When I was having a croissant sandwich, he came into the room. It was time to go. I put down the sandwich and pick my bag but he stopped me and said "Don't hurry and **please finish up.**"

* 여기서 finish up은 '하던 일을 끝까지 마무리하다'(to complete what you are doing)라는 뜻이다.

❺ "I never drink anything for luncheon," she said.
"Neither do I," I answered promptly.
"Except white wine," she proceeded **as though I had not spoken.**

* Somerset Maugham, "The Luncheon".

❷ 날렵한 버마인이 축구장에서 내 발을 걸어 넘어뜨리고 (역시 버마인인) 심판이 **못 본 척하고 있으면**, 관중들은 음흉한 웃음과 함께 환호성을 올렸다. 이런 일이 한두 번이 아니었다.

❸ **"잠을 늦게 자는 것이 나쁜가?"**라는 질문에는 명백한 답이 있지는 않지만, 연구에 따르면 그것이 건강에 해로운 영향을 미칠 수도 있다고 한다.

* stay up은 '깨어 있다'라는 뜻이지만 late와 함께 사용될 때는 '늦게 자다'로 바꾸어 번역해야 된다. 거꾸로 '늦게 자다'를 영어로 옮길 때는 직역하여 sleep late로 표현하면 '(아침에) 늦잠을 자다'라는 뜻이 되므로 유의해야 한다.

❹ 크루아상 샌드위치를 먹고 있는데 그가 방으로 들어왔다. 출발해야 할 시간이었다. 샌드위치를 내려놓고 가방을 집어 들자 그가 나를 제지하며 말했다. "서두르지 말고 **다 드세요.**"

* '식사를 끝내다'에서 '식사를 계속하다'라는 쪽으로 발상의 반전이 이루어졌다.

❺ "전 점심에 아무것도 안 먹어요." 그녀가 말했다.
"저도 그렇습니다." 나는 재빨리 대답했다.
"백포도주 말고는요." **내 말을 못 들은 척** 그녀가 말을 이었다.

* 주절의 주어에 맞추어 '말하다'(speak)를 '듣다'로 뒤집으면 구문이 훨씬 말끔해지는 것을 알 수 있다.

❻ Mr. Trump won the presidency proclaiming himself a self-made billionaire, and he has long insisted that his father, the legendary New York City builder Fred C. Trump, provided almost no financial help.

❼ "We shall leave this part of England — perhaps England itself — and what does it matter how people regard us here? You will like going, will you not?"

* Thomas Hardy, *Tess of the d'Urbervilles.*

❽ "You shouldn't listen to all you hear, Sandyman," said the Gaffer, who did not much like the miller.

* J.R.R. Tolkien, *The Lord of the Rings.*

❻ 트럼프 대통령은 자신이 자수성가한 억만장자라는 점을 주장하며 대통령직에 올랐고, 전설적인 뉴욕시의 건축업자였던 **아버지 프레드 C. 트럼프로부터 거의 재정 지원을 받지 않았다**고 오랫동안 강조해 왔다.

* 화제의 중심인물인 Trump에 맞추어 '주다'(provide)를 '받다'로 뒤집었다.

❼ "우린 이 지방을 떠날 겁니다—아니 영국이란 나라를 떠날지도 몰라요—그러니 **여기서 사람들이 뭐라 하든** 아무 상관없어요. 나하고 같이 갈 거죠?"

* 원문의 regard(보다, 생각하다)를 '말하다'로 전환하여 번역하였다.

❽ "샌디맨, **자네는 남이 하는 말을 다 믿나?**" 방앗간지기를 그리 좋아하지 않던 영감이 말을 받았다.

* all you hear를 '당신이 듣는 모든 말'이 아니라 '남이 하는 말을 다'로 뒤집었다.

2011년 3월 13일 동일본대지진 당시 영국 「인디펜던트」 격려 기사

がんばれ, 日本 (힘내라, 일본)
がんばれ, 東北 (힘내라, 동북)
Don't give up, Japan
Don't give up, Tohoku

2011년 3월 11일 동일본대지진이 발생하고 이틀 뒤 영국 일간지『인디펜던트』
는 1면 머리기사를 이렇게 뽑아서 화제가 되었다. 보도가 아니라 위로에 초점
을 맞추었기 때문이다. 흥미로운 것은 일본어로 がんばれ(간바레, 힘내라)라고
하면서, 영어로는 이를 뒤집어 부정문인 Don't give up을 쓰고 있다는 점이다.
'간바레'에 딱 맞는 영어 표현이 없기도 하거니와, 또 사태의 심각성을 알리고
응원의 메시지를 전하는 데는 Don't give up의 부정문이 훨씬 효과적이라고 판
단했기 때문이다. 반전의 묘미를 잘 보여 주는 번역이다.

이 표제기사는 당시 한국 언론의 자극적 보도와 대비되기도 했는데, 사실『인
디펜던트』편집국에서는 이 보도와 관련하여 논란이 있었다고 한다. 피해 현장
의 생생한 사진이 더 필요하다고 주장한 편집위원들이 있었기 때문이다. 격론
끝에 John Mullin 편집국장은 파격으로 결론을 내렸고, 이 기사로『인디펜던
트』는 다시 한번 세계 언론의 주목을 받았다.

출처: http://www.hani.co.kr/arti/opinion/column/468570.html

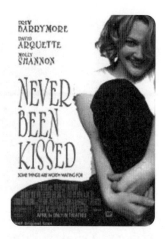

Never Been Kissed (1999)

〈25살의 키스〉

감독: Raja Gosnell, 주연: Drew Barrymore

연애 경험 한 번 없이 범생 인생을 살아온 25세 기자 Josie Geller(Drew Barrymore 분)를 주인공으로 한 로맨틱 코미디. *Never Been Kissed*란 제목의 번역이 만만찮다. 그래서 그런지 번역자는 이를 완전히 뒤집어 〈25살의 키스〉란 긍정문으로 번역했다. 원제보다 훨씬 밋밋하다는 점에서 썩 만족스럽지는 않으나, 영화나 책 등 긴 분량의 번역에서 제목이 지니는 비중을 감안한다면 이 정도의 의역은 허용 가능하다고 본다.

Sir Anthony："Omnia vincit amor." (Love conquers all.)
Henry VIII："No one can resist love."

미드 *The Tudors*의 한 장면. Henry 8세의 친구 Sir Anthony가 왕에게 "Omnia
vincit amor."(사랑은 모든 것을 이긴다. Amor vincit omnia라고도 표현함)라고 라
틴어로 말하자, 왕은 이를 영어로 옮겨 "No one can resist love."(아무도 사랑을
이길 수 없다.)라고 화답한다. 긍정문이 부정문으로 바뀐 것이다. 이 번역은 드
라마의 맥락에서는 훨씬 설득력이 있는데, 왜냐하면 이즈음 왕의 정부 Anne
Boleyn이 왕비 Catherine과 빨리 이혼하라고 왕을 닦달하고 있었기 때문이다.
Henry 8세는 내심 "Anne Boleyn을 도저히 당할 수가 없네."라고 하고 싶었을
것이다.

Virgil의 Eclogues X(목가 10편)에 나오는 이 경구는 흔히 '사랑의 위대함'을 나
타내는 대표적 경구로 쓰이지만, 어원상으로는 좀 덜 센티멘털하고 좀 더 사실
적인 내력이 있다. 사랑의 신 Cupid(Eros, Amor)의 화살을 맞으면 누구나 꼼짝
없이 사랑에 빠지기 때문이다. 물론 여기서 말하는 '위대함'은 꼭 좋은 면만 가
리키지는 않는다. 얼마나 많은 우정과 약속, 정의, 질서, 가정이 사랑 때문에
깨지고 파괴되었는지를 생각해 보면 알 일이다.

10장
순차 번역의 흐름

•
•
•

■ 순차 번역의 개념

'SOV vs. SVO'로 구분되는 한국어와 영어의 어순 차이는 번역과 통역의 어려움을 낳는 결정적인 요인이다. 문장 전체가 한눈에 들어오는 짧은 경우와 달리 길이가 긴 문장은 글을 읽는 눈과 이를 따라가는 생각이 문장의 전후로 이동해야 하는 번거로움이 따른다. '순차 번역'은 가급적 출발어의 어순을 따라 번역문을 구성하되 도착어의 자연스러운 흐름을 훼손시키지 않는 요령이다. 영문으로는 한눈에 보고 바로 번역한다는 뜻에서 sight translation이라고 한다. 일한번역이 영한번역보다 상대적으로 쉬운 것은 어휘의 동질성 덕택이기도 하지만, 문장 구조의 유사성으로 인해 순차 번역의 가능성이 훨씬 높기 때문이다.

■ 길이가 긴 문장은 순차 번역으로

순차 번역이 필요한 구문으로는 주어와 동사는 짧지만 길이가 긴 목적어를 가진 문장, 동사를 수식하는 부사구나 부사절이 길어진 문장, 형용사절의 형태로 명사(선행사)를 수식하는 관계사(관계대명사나 관계부사) 구문 등이 있다.

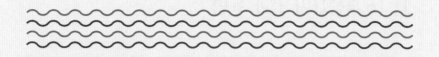

■ 관계대명사의 순차 번역

이를테면 관계대명사를 한정적 용법보다는 계속적 용법으로 번역하는 것이 이 요령의 전형적 사례에 해당한다. 관건은 문장의 전후를 이어 주는 적절한 연결사나 연결어구를 찾아내는 일인데, 이를 위해서는 한국어의 표준 어순에 대한 감각이 있어야 한다.

■ 순차 번역은 빠른 영문 독서를 위한 요령

이와 같이 문장을 순차적으로 번역하는 연습이 되어 있으면, 번역이 아닌 단순한 영문 독서에서도 문장의 전후를 번거롭게 오고갈 필요 없이 순차적으로 빠르게 글을 읽어 내는 요령이 생긴다.

I. To 부정사의 '결과' 용법

to 부정사의 부사적 용법 중에서 '결과'를 나타내는 구문이 전형적인 순차 번역의 사례에 해당한다. to 부정사의 다른 용법은 예외 없이 to 부정사 이하 부분을 먼저 번역한 다음 앞부분을 번역해야 되지만, '결과'를 가리킬 때는 앞부분부터 순차적으로 번역해야 한다. '결과' 용법이 아니거나 용법이 애매한 경우에도 결과 용법으로 번역하면 자연스럽게 해결될 때가 많다.

❶ Pip then returns to propose to Biddy, only to find that she has already married Joe.

* Charles Dickens, *Great Expectations.*

❷ At the end of three days they part, they go their several ways, never, perhaps, to see each other again.

* Agatha Christie, *Murder on the Orient Express.*

❸ Park shot an 8-under-par 64 to tie the course record at Wascana Country Club.

❶ 그리고 나서 핍은 비디에게 청혼을 하려고 **돌아가지만**, 그녀가 이미 조와 결혼한 뒤라는 것을 **알게 된다.**

❷ 사흘 뒤 그들은 헤어져 각자의 길을 가고 아마도 **다시는 만나지 못하게 된다.**

❸ 박은 8언더파 64타를 쳐서 와스카나 컨트리클럽의 코스 신기록과 **동타를 이루었다.**

  * 이 to 부정사는 다소 애매한 구석이 있어서 어느 범주에도 넣기가 쉽지 않은데, 결과로 처리하면 무난하다.

❹ He had then a horse of his own and on Saturday evenings drove into town **to spend a few hours in social intercourse with other farm-hands.**

* Sherwood Anderson, "The Egg".

❺ "And yet—" He looked vacantly at her, **to resume with dazed senses:** "Why didn't you tell me before?"

* Thomas Hardy, *Tess of the d'Urbervilles.*

❻ As the weather begins to get nicer and more and more residents are walking or jogging in town, **we are taking this opportunity to remind** you that it is illegal to walk or jog in the street when a sidewalk is available on a road.

Ⅱ. 부사구의 계속적 용법 처리

영어의 부사(구)는 대개 동사의 뒤에서 수식을 하지만, 한국어에서는 부사가 동사 앞에 위치하는 경우가 일반적이기 때문에 어순이 바뀐다. 이 경우 동사를 먼저 번역하고 적당한 연결어를 찾아 부사(구)를 처리할 수 있다면 자연스러운 번역문을 만들 수 있다.

❹ 그리고 그는 본인 소유의 말이 있어서 토요일 저녁마다 읍내로 말을 타고 가서 **다른 농장 일꾼들과 어울려 몇 시간씩 시간을 보냈다.**

❺ "하지만 ─ " 그는 멍하니 그녀를 바라보다가 얼떨떨하게 **이야기를 계속했다.** "왜 나한테 미리 얘기하지 않았소?"

❻ 날씨가 점점 좋아지면서 시내에서 산책이나 조깅을 하는 주민들이 늘어나는 까닭에, **이 기회를 빌려 말씀드리고자 하는 것은** 보도가 있는데도 차도에서 산책하거나 조깅하는 것은 불법이라는 사실입니다.

* 이 to 부정사는 엄격히 말해 '목적을 가리키는 부사적 용법'으로 분류하는 것이 맞겠지만, '결과'로 번역해도 이상하지 않다.

❶ Well, the tears just don't stop, but these are good tears! I am truly honored and **touched beyond words.** I was shocked when I saw this article in "Powerboat Magazine."

❷ Dublin lay enveloped in darkness **but for the dim light of the moon** that shone through fleecy clouds, casting a pale light as of approaching dawn over the streets and the dark waters of the Liffey.

* Liam O'Flaherty, "The Sniper". 구문상 but for the dim light of the moon은 '희미한 달빛을 제외하고'라는 뜻의 부사구에 해당한다.

❸ I **not only** shared a cabin with him and ate three meals a day at the same table, **but** I could **not** walk round the deck without his joining me.

* Somerset Maugham, "Mr. Know-All".

❹ It was a strategy that has been attempted without much success in **not just** Merck's **but** other previous vaccine efforts as well.

❺ One day the old man was working in his garden, with his dog, as usual, close by.

❶ 흠, 그저 눈물이 멈추지 않네요. 하지만 이건 기분 좋은 눈물이에요! 저는 정말 영광이고 **감격해서 말이 안 나옵니다.** 저는『파워보트 매거진』에서 이 기사를 보고 깜짝 놀랐습니다.

❷ 더블린은 **어둠에 잠겨 있었고, 희미한 달빛만이** 양털 같은 구름 사이로 모습을 드러내고 동트는 새벽 같은 창백한 빛을 길거리와 리피강의 검은 강물 위로 비추고 있었다.

❸ 나는 그와 선실을 함께 쓰고 하루 세 끼 식사도 같은 식탁에서 했을 뿐만 아니라 갑판 위를 돌아다닐 때도 **그를 떼놓을 수가 없었다.**

❹ 그것은 머크의 연구뿐만 아니라 백신을 만들기 위한 이전의 다른 연구에서도 **시도한 바 있으나 크게 성공하지는 못한** 전략이었다.

❺ 어느 날 노인이 정원에서 작업을 하고 있었고, 여느 때처럼 **그의 강아지가 가까이에 있었다.**

❻ I am a single woman with grown children who live away from home.

III. 부사절의 순차 번역

부사구와 마찬가지로 부사절에서도 문장의 후반에 위치한 부사절의 번역을 앞으로 끌어내지 않고 그대로 둔 채 자연스럽게 전반과 연결시킬 수 있다면 간명한 번역이 된다. 상당수의 부사절이 이 경우에 해당하는데, 관건은 전반부와 후반부를 연결하는 적절한 연결어구를 찾아낼 수 있는 한국어 실력이다.

❶ It is immoral because it seeks to humiliate the opponent rather than win his understanding.

* Martin Luther King, Jr., "Three Ways of Meeting Oppression".

❷ "I separated those beastly dogs because I wanted to do something for you and your friend."

* Aldous Huxley, "Half-Holiday".

❻ 저는 독신여성이고 **성장한 아이들은 집을 나가 따로 삽니다.**

* 엄격히 말해 with grown children은 형용사구로 볼 수 있지만, 이하 관계대명사 절과 함께 순차 번역으로 처리하면 자연스러운 번역문을 만들 수 있다.

❶ **그것이 비도덕적인 것은** 적의 이해를 구하려 하기보다 적을 굴복 시키려 하기 **때문입니다.**

❷ **"제가 그 못된 개들을 떼놓은 것은** 당신과 친구분을 위해 뭔가를 해 드리고 싶었기 **때문입니다."**

❸ More than 20 years of wonderful relationship were to pass **before** I figured out what he had actually done, that Thanksgiving Day.

* Philip Wylie, "The Making of a Man".

❹ But **it was not long before** this story also came to the ears of their envious neighbor.

❺ There he would twinkle in Buddhist meditation **until** suddenly, no one knew why, he would go off like an alarm clock.

* D. H. Lawrence, "Adolf".

❻ It was like an unpleasant slow dance **until eventually, I hit the wall.** Literally and figuratively.

❼ I had almost made up my mind that the whole story was a pack of lies, **when** we heard yells a little distance away.

* George Orwell, "Shooting an Elephant". 이 경우의 when은 사전에서 at the time이란 뜻의 부사구로 풀이하고 있다.

❸ 20년 넘는 시간 동안 무척 사이좋게 지낸 뒤에야 **비로소** 나는 그 추수감사절 날 아버지가 정말 무슨 일을 하셨던 것인지 깨달았다.

❹ 하지만 **얼마 되지 않아** 이 이야기 또한 그들의 샘 많은 이웃의 귀에 들어갔다.

> * 문법책에서 볼 수 있는 전형적 관용구문으로, 개념상 순차 번역의 요령이 적용된 것을 알 수 있다.

❺ 거기서 그는 불교식 명상을 하며 눈을 깜박이고 **있다가** 이유도 없이 갑자기 자명종처럼 뛰쳐나가곤 했다.

❻ 그것은 마치 기분 나쁜 느린 춤을 추는 것 같았고, **결국 나는 벽에 부딪히고 말았다.** 문자 그대로 또 비유적으로.

❼ 나는 그 모든 이야기가 온통 거짓말이라고 이미 결론을 내려 두고 있었는데, **그때** 약간 떨어진 곳에서 고함 소리가 들렸다.

❽ "Many Elves lived here in happier days, **when** Eregion was its name. Five-and-forty leagues as the crow flies we have come, **though** many long miles further our feet have walked."

* J.R.R. Tolkien, *The Lord of the Rings*. 이 문장의 when이나 though는 어느 쪽으로 번역해도 무방한데, 그럴 경우는 가급적 순차 번역으로 처리하면 쉽게 번역할 수 있다.

❾ He'll never come, I thought. I was ready to leave **when the** door to Vito's opened.

❿ **Hardly** had I completed the project **when** my manager assigned a new project to me.

* 이른바 부정부사를 문장의 머리로 끌어낸 전형적인 구문으로, 애당초 순차 번역의 요령에 맞추어 번역해 온 셈이다.

⓫ When we were children our father often worked on the night-shift. Once it was spring-time, and he used to arrive home, black and tired, **just as** we were downstairs in our night-dresses.

* D. H. Lawrence, "Adolf".

⓬ He would sometimes catch her large, worshipful eyes, that had no bottom to them looking at him from their depths, **as if** she saw something immortal before her.

* Thomas Hardy, *Tess of the d'Urbervilles*.

❽ "좀 더 행복했던 시절에는 요정들이 여기 많이 살았는데, **그때는** 에레기온이라고 불렀지. 우리가 지금까지 온 길은 직선거리로 45 리그가 **되지만** 우리 두 발로 걸은 거리는 더 될 걸세."

❾ 나는 그가 절대로 오지 않을 거라고 생각했다. 내가 떠나려고 하는 **찰나** 비토 식당의 출입문이 열렸다.

  * 이 번역문은 원문의 의미를 거의 완벽하게 살린 문장에 가깝다.

❿ 내가 프로젝트를 완료**하자마자** 매니저는 새 프로젝트를 맡겼다.

⓫ 어린 시절 아버지는 자주 야간조에서 일을 하셨다. 어느 봄날 아버지는 여느 때처럼 시커먼 얼굴에 지친 몸으로 집에 돌아오셨고, **이때** 우리는 잠옷을 입은 채 막 아래층에 내려와 있던 참이었다.

⓬ 그는 이따금 존경심이 가득한 그녀의 커다란 두 눈을 목격하곤 하였는데, 끝없이 깊은 심연에서 솟아 나오는 그 눈길은 **마치 눈앞에 불멸의 존재를 대하고 있는 듯하였다.**

---

⑬ You have to meet the man **if** you want to hear news from back home.

⑭ "I couldn't possibly eat anything more **unless they had some of those giant asparagus.**"

* Somerset Maugham, "The Luncheon".

⑮ "I would find myself trying to get nearer **while** she would be backing away."

⑯ President Obama cited the incident **while** announcing proposals for increased gun control.

⑰ I write these things to you who believe in the name of the Son of God, **so that** you **may** know that you have eternal life.

* *New Testament*. 1 John(요한1서) 5:13.

⑬ 그를 **만나야** 고향 소식을 알 수 있어.

⑭ "도저히 뭘 더 먹을 수는 없지만, **혹시 식당에 자이언트 아스파라 거스가 좀 있는지 모르겠어요.**"

⑮ "저는 점점 더 가까이 다가가려고 하는데, **오히려** 그녀는 점점 뒤로 물러나려고 합니다."

⑯ 오바마 대통령은 그 사건을 인용**하면서** 총기 규제 강화를 위한 제안서를 발표하였다.

⑰ 내가 하나님의 아들의 이름을 믿는 너희에게 이것을 **쓰는 것은** 너희로 하여금 너희에게 영생이 있음을 알게 **하려 함이라.**

* 평이한 관용 표현인 so that ~ may는 여기서처럼 '목적'을 나타내는지 '결과'를 나타내는지 애매할 때가 많다. 영문성서의 여러 판본에서도 이 대목은 다양한 구문으로 표현되어 있는데, 이럴 때는 '결과'로 번역하는 것이 훨씬 효율적이고 자연스럽다.

Ⅳ. 관계사의 계속적 용법

순차 번역의 요령은 관계사의 처리에서도 효과적이다. 이른바 계속적 용법이 순차 번역에 해당하는 셈인데, 쉼표(comma) 없이 표기된 관계사, 곧 한정적 용법의 경우도 계속적 용법으로 번역해서 특별한 의미 차이가 발생하지 않는다면 그렇게 해도 무방하다. 원어민들의 실제 관계사 사용 용례를 살펴보면 두 용법의 차이를 엄격하게 나누지는 않는 듯하다. 더욱이 '글'이 아니고 '말'의 경우에는 그 구별이 애매할 때가 종종 있다.

❶ Once you pass the test, you will be given a copy of the test results which you will need to apply for a license.

❷ Intal Corporation is looking for a semiconductor circuit designer who must have a master's degree.

❸ Once a choice is made, our minds tend to rewrite history in a way that flatters our volition, a fact magicians have exploited for centuries.

* Alex Stone, "The Science of Illusion". 목적격 관계대명사가 생략된 문장이다. a fact (that) magicians have exploited for centuries.

❶ 귀하는 시험에 합격하면 시험 결과지를 **받게 될 것이며, 그것은** 면허증을 신청할 때 필요합니다.

❷ 인탈사(社)는 반도체 회로설계 디자이너를 찾고 **있는데 석사학위 소지자라야 한다.**

❸ 일단 선택을 하고 나면, 우리는 머릿속으로 자신의 의사결정에 부합하는 쪽으로 역사를 다시 쓰는 경향이 있고, **마술사들은 이를 오랜 세월 동안 이용해 왔다.**

❹ He made a point of saving a third of his income and his plan was to retire at fifty-five to a little house in the country **where** he proposed to cultivate his garden and play golf.

* Somerset Maugham, "The Ant and the Grasshopper".

❺ He trumpeted, for the first and only time. And then down he came, his belly towards me, with a crash **that** seemed to shake the ground even where I lay.

* George Orwell, "Shooting an Elephant".

V. 복문의 순차 번역

일반 복문에서도 순차 번역의 요령을 적용해 볼 수 있다. 주절이든 종속절이든 앞부분의 주어와 동사를 적절한 표현으로 바꾸면 뒷부분을 번역한 다음 문두로 다시 돌아오지 않고 자연스럽게 진행하는 한국어 문장을 만들 수 있기 때문이다. 앞에서 살펴본 무생물주어 구문의 번역과 압축의 요령도 이와 관련이 있다.

❶ But I wondered what the bill would come to.

* Somerset Maugham, "The Luncheon".

❹ 그는 수입의 3분의 1을 꼭 저축했고, 55세에 은퇴하고 시골의 작은 집으로 **간 다음 거기서** 정원을 가꾸고 골프를 칠 계획을 세워 놓았다.

❺ 그는 처음으로 딱 한 번 포효했다. 그리고 쿵 하는 소리와 함께 배를 내 쪽으로 향한 채 몸이 **꺾였고, 그 소리는** 내가 엎드려 있는 땅바닥까지 뒤흔들어 놓는 것 같았다.

❶ 하지만 **내가 궁금했던 것은** 계산서 금액이 얼마나 나올까 하는 것이었다.

❷ It galled her that I alone should look upon her as a comic figure and she could not rest till I acknowledged myself mistaken and defeated.

* Somerset Maugham, "Louise".

❸ While statistics suggest that married parents are more likely to stay together than cohabiting ones, the claim that marriage has a causal effect on the stability of a relationship is hotly contested.

❹ Legend has it that Count Julian, the governor of Ceuta, in revenge for the violation of his daughter, Florinda, by King Roderic, invited the Muslims and opened to them the gates of the peninsula.

❺ All I knew was that I was stuck between my hatred of the empire I served and my rage against the evil-spirited little beasts who tried to make my job impossible.

* George Orwell, "Shooting an Elephant".

❻ And if that happened it was quite probable that some of them would laugh. That would never do.

* George Orwell, "Shooting an Elephant".

❷ **그녀가 기분 나빴던 것은** 나만이 자기를 웃기는 사람으로 보고 있다는 사실, 그리고 내가 잘못했으며 또 졌다고 인정할 때까지는 자신이 안심할 수가 없다는 사실이었다.

❸ **통계에 따르면** 결혼한 부모가 동거(사실혼 상태의) 부모보다 관계를 지속할 확률이 더 높지만, 과연 결혼 여부가 관계의 안정성과 인과관계가 있는지는 뜨거운 논쟁거리이다.

❹ **전설에 따르면** 세우타의 총독 줄리안 백작은 로더릭 왕이 자신의 딸 플로린다를 범한 데 대한 복수로 무슬림을 불러들여 반도의 문을 열어 주었다고 한다.

❺ **오로지 내가 아는 것이라고는** 내가 복무하는 제국에 대한 증오와 나의 업무 수행을 훼방 놓는 악령과도 같은 작은 놈들에 대한 분노 사이에 내가 꼼짝없이 끼어 있다는 것뿐이었다.

❻ 그리고 만약 그렇게 되면 **십중팔구** 그들 중 몇몇은 비웃을 것이다. 그건 있을 수 없는 일이었다.

❼ The people said that the elephant had come suddenly upon him round the corner of the hut, caught him with its trunk, put its foot on his back and ground him into the earth.

* George Orwell, "Shooting an Elephant".

❽ I couldn't tell them that these first weeks were a mere blur to me, that I felt completely overwhelmed by all the studies and my much brighter friends and the thousand irritating details of living alone, and that I had really **learned nothing, save** perhaps how to put on a necktie while sprinting to class.

* Chang-rae Lee, "Coming Home Again".

❾ I felt as if I had plunged too deep into the world, which, to my great horror, was much larger than I had ever imagined.

* Chang-rae Lee, "Coming Home Again".

❼ **사람들 얘기로는** 코끼리가 갑자기 민가 모퉁이를 돌아와 그를 덮쳤고, 코로 그를 움켜잡고 그의 등을 발로 짓밟아 땅속에 처박았다고 했다.

❽ **그들에게 말을 할 수는 없었지만** 처음의 이 몇 주는 내게 그저 흐릿한 기억뿐이다. 나는 그 모든 공부와 나보다 훨씬 똑똑한 친구들, 혼자 살 때 생기는 수많은 짜증나는 소소한 일들 때문에 거의 제정신이 아니었고, **배운 것이라고는 그저** 교실로 뛰어가는 동안 넥타이 매는 법을 익힌 정도였다.

❾ **내 느낌은 마치** 내가 세상 속으로 깊숙이 던져진 것 같았고, 무시무시하게도 그 세상은 내가 상상했던 것보다 훨씬 컸다.

VI. 기타 순차 번역

❶ Sales for the 1992 fourth quarter reached $456.4 million compared with sales of $390.5 million in 1991.

❷ These eventually became part of everyday language, **seen in some of the words and place names we use today, and** ultimately in our caustic sense of humour.

❸ She must not have eaten for days, **seeing** how she is eating.

❹ "No, no, I never eat anything for luncheon. Just a bite, I never want more than that, and I **eat that more as an excuse for conversation than anything else.**"

* Somerset Maugham, "The Luncheon". more A than B 구문을 항상 'B보다 A' 로 번역할 필요는 없다. 순차적으로 번역하면 훨씬 자연스러울 때가 많다.

❺ The fundamental objective of the terrorism in the West is less to disable strategic targets or kill Westerners per se, than to provoke certain political and social reactions.

❶ 1992년 4분기 판매액은 4억 5,640만 달러에 **이르렀고, 이는** 1991년 의 3억 9,050만 달러와 비교된다.

❷ 이들은 결국 일상 언어의 일부가 되었고, **이는** 오늘날 우리가 사용하는 몇몇 단어와 지명, 그리고 결국 우리의 냉소적 유머 감각에서 **확인된다.**

❸ 그녀는 며칠을 굶었는지 계속 먹어 대고 **있다.**

❹ "아니, 아니, 전 점심에는 아무것도 안 먹어요. 딱 한 입, 그 이상은 필요 없어요. 그것도 **그저 대화를 하기 위한 핑계로 먹는 거지 딴 이유는 없어요.**"

❺ 서구에서 발생하는 테러리즘의 근본 목표는 전략적 목표물을 파괴하거나 서구인들 자체를 살해하는 **것이라기보다** 어떤 정치적 사회적 반응을 이끌어 내기 위한 것이다.

❻ Through exploration and conquest or royal marriage alliances and inheritance, the Spanish Empire expanded to **include** vast areas in the Americas, islands in the Asia-Pacific area, areas of Italy, and cities in Northern Africa, **as well as** parts of what are now France, Germany, Belgium, Luxembourg, and the Netherlands.

* A as well as B: B뿐만 아니라 A도. 아주 기초적인 관용 표현이다. 하지만 여기서처럼 A와 B 모두 길이가 긴 구문이라면 A를 먼저 번역하고 적절한 연결어를 사용하여 B를 이어 주는 것이 훨씬 자연스러운 번역문이 된다.

❼ She **turned out to be a peer's daughter**.

* 짧은 문장이지만 순차 번역의 요령을 적용하면 자연스러운 한국어 문장을 만들 수 있다.

❽ Mr. Hurst **had** therefore **nothing to do but** to stretch himself on one of the sofas and go to sleep.

* Jane Austen, *Pride and Prejudice*.

❾ She had an uneasy suspicion that I did not believe in her; and if **that was why** she did not like me, **it was also why** she sought my acquaintance.

* Somerset Maugham, "Louise".

❻ 탐험과 정복 또는 왕실 간의 결혼 동맹과 승계를 통해 스페인제국은 남북아메리카와 아시아 태평양 지역의 도서들, 이탈리아 일부 지역 및 북아프리카 도시들을 포함할 만큼 확장되었고, **물론 여기에는** 현재의 프랑스와 독일, 벨기에, 룩셈부르크, 네덜란드의 일부 지역까지 **포함된다.**

❼ 그녀는 **알고 보니 귀족의 딸이었다.**

❽ 허스트 씨는 **별 도리 없이** 소파 하나에 몸을 뻗고 잠을 청했다.

❾ 그녀는 내가 자기를 믿지 않는다고 미심쩍어 하고 있었다. 그리고 **그 때문에** 나를 좋아하지 않기도 했지만, **또 그 때문에** 나를 친구로 데리고 있고 싶어 하기도 했다.

⓿ He lost **no time in** going to the old people and asking if they happened to have a mortar which they could lend him.

* Andrew Lang, *The Violet Fairy Book.*

⓫ From anywhere in the house, you could hear the sound of the wheels clicking out a steady time over the grout lines of the slate-tiled foyer, **her main thoroughfare to the bathroom and the kitchen.**

* Chang-rae Lee, "Coming Home Again". 길이가 긴 동격의 명사구를 한 문장 속에 자연스럽게 녹여 내기 어려운 경우가 많다. 이럴 때에는 의미의 차이가 나지 않는 한도 내에서 두 개의 문장으로 분리하는 것도 요령이다.

⓬ After **centuries of systemic racism and injustice,** children of color continue to be left behind.

⑩ 그는 **곧바로** 노인들에게 가서 혹시 자기한테 빌려줄 수 있는 절구가 있는지 물었다.

⑪ 집안 어느 곳에서든 우리는 바퀴가 슬레이트 타일이 깔린 현관의 타일 틈새 선을 넘어가면서 규칙적으로 내는 달가닥거리는 소리를 들을 수 있었다. **이 현관은 어머니가 화장실과 주방으로 가는 주요 통로였다.**

⑫ **여러 세기에 걸쳐 자행된 인종 차별과 불의** 끝에 유색인종 아동들은 계속 버림받은 존재가 되었다.

 * centuries of를 '여러 세기에 걸쳐'로 풀어서 뒷말과 자연스럽게 연결되도록 하였다.

II장

비유 살리기

●
●
●

■ 비유적 표현의 번역

비유적 표현의 번역은 난이도로는 가장 어려운 단계에 속한다. 출발어와 도착어의 비유법이 일치하지 않을 때가 많기 때문이다. 원칙적으로 비유적 표현은 역시 비유법으로 옮겨야 올바른 번역이며, 의미가 통하지 않는 비유적 표현을 그대로 남겨 두는 것은 있을 수 없는 일이다.

■ 비유법을 살려 번역하기

가장 바람직한 경우는 비유적 표현을 직역하였을 때 한국어로 통용되는 것이다. 그 표현에 관한 한 두 언어는 언어적·사회문화적 배경을 공유하고 있는 셈이다. 하지만 직역으로 의미 소통이 불가능할 때가 있는데, 이럴 때는 유사한 비유적 표현을 찾는 것도 요령이다. 정확히 일치하지는 않아도 유사한 구문이나 개념을 가진 표현을 찾을 수 있기 때문이다.

■ 직설법으로 풀어서 번역하기

비유법을 비유법으로 옮겨야 한다는 원칙에 과도하게 구속될 필요는 없다. 비유법을 포기하더라도 정확한 의미를 전달하는 것이 더 중요하기 때문이다. 어설픈 비유적 표현과 정확한 의미 전달 중에 선택해야 한다면 당연히 후자를 취해야 한다.

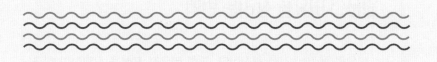

Joseph Conrad의 중편소설 *Heart of Darkness* 는 아프리카 콩고강 내륙의 상아 교역소에 파견된 백인 주인공의 도덕적 타락을 통해 인간 본성의 끔찍한 심연을 탐색하는 작품이다. 작품 제목은 언뜻 추상적으로 읽히지만, 검은 대륙 깊숙이 위치한 오지 교역소를 가리키는 지리적 개념인 동시에 인간 영혼의 어두운 진실에 대한 비유이기도 하다. 각각 『암흑의 오지』, 『암흑의 핵심』, 『어둠의 속』으로 옮겨진 세 편의 한국어 번역본의 상이한 제목은 비유의 번역이 얼마나 어려운 일인지를 새삼 일깨워 준다.

I. 원문의 비유를 살리는 번역

비유는 비유로 옮기는 것이 원칙이다. 특히 비유적 표현을 직역하여 한국어로 자연스럽게 통용된다면 가장 바람직한 번역이다. 이 경우 두 언어가 동일한 비유적 표현을 사용하는 셈인데, 이는 개별 단어의 은유나 관용구의 차원에서도 발견할 수 있고, 또 특정한 맥락 속에서 새로운 비유적 표현을 만들어 낼 때도 마찬가지이다. 중요한 것은 특정한 비유적 표현이 현재 한국어의 통상적 표현에 포함되느냐 하는 것인데, 이 판단은 결국 번역자의 감각과 역량에 맡길 수밖에 없다.

❶ His creed of determinism was such that it almost amounted to a vice, and quite amounted, on its negative side, to a renunciative philosophy which had cousinship with that of Schopenhauer and Leopardi.

* Thomas Hardy, *Tess of the d'Urbervilles*. 주인공 Angel의 부친 Clare 신부의 신앙에 대해 설명하는 대목.

❷ It became difficult to follow the path, and they were very tired. Their legs seemed leaden.

* J.R.R. Tolkien, *The Lord of the Rings*.

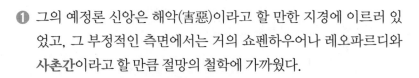

❶ 그의 예정론 신앙은 해악(害惡)이라고 할 만한 지경에 이르러 있었고, 그 부정적인 측면에서는 거의 쇼펜하우어나 레오파르디와 **사촌간**이라고 할 만큼 절망의 철학에 가까웠다.

　* 영어로도 '매우 친한 관계'를 '사촌'에 비유하는 것을 알 수 있다.

❷ 길을 따라 걷기가 어려워졌고 그들은 무척 피곤했다. 두 다리가 **납덩이** 같았다.

　* '납덩이'의 무거움을 두 문화가 공유하고 있는 셈이다.

❸ "My husband has gone abroad, and somehow I have overrun my allowance, so that I have to fall back upon my old work for a time. Do not call me Mrs Clare, but Tess, as before. Do they want a **hand** here?"

* Thomas Hardy, *Tess of the d'Urbervilles*.

❹ Consider the factors of production. When growth slows businesses **rein** in investment, so the cost of capital may decline.

* rein: ① 고삐를 매다, ② 통제하다, 제어하다. ②로 평이하게 옮길 수도 있으나, '고삐'란 단어를 쓰면 원문의 뉘앙스를 살리는 느낌이 든다.

❺ "Many a woman—some of the Highest in the Land— have had a trouble in their time; and why should you **trumpet** yours when others don't **trumpet** theirs? No girl would be such a fool, specially as it is so long ago, and not your fault at all."

* Thomas Hardy, *Tess of the d'Urbervilles*. trumpet: ① 트럼펫, ② 자랑스럽게 알리다.

❻ Mrs Donnelly told her husband it was a great shame for him to speak that way of his own **flesh and blood**, but Joe said that Alphy was no brother of his and there was nearly being a row on the head of it.

* James Joyce, "Clay".

❸ "남편은 외국에 나갔고 생활비로 준 돈도 그만 다 써 버려서 당분 간 옛날 하던 일을 하는 수밖에 없어. 나를 클레어 부인이라고 부 르지 말고 예전같이 테스라고 해 줘. 여긴 **일손**이 필요하지?"

　　* hand를 '인부', '일꾼' 등으로 옮길 수도 있으나, 출발어의 비유법을 살린다면 '일손' 이 훨씬 어울리는 번역이다.

❹ 생산 요소를 고려해 보자. 성장이 둔화되면 기업들은 투자의 **고삐 를 죄고**, 따라서 자본 비용이 줄어든다.

❺ "많은 여자들이—이 나라에서 제일가는 여자들도—젊었을 때는 문제가 있었단다. 그런데 그 여자들은 다 가만히 있는데 너 혼자 만 **나발 불고 떠들** 필요가 있겠느냐? 어떤 여자도 그런 바보 같은 짓은 안 할 게다. 하물며 그게 먼 옛날 일이고 또 전혀 네 잘못만도 아닌데 말이다."

　　* 엄격히 말해 우리말의 '나발 불다'는 '당치 않은 말을 함부로 하다'라는 뜻으로 영어 의 trumpet과 미세한 의미 차이는 있으나 이 맥락에서는 충분히 대체할 만하다.

❻ 도널리 부인은 자기 **혈육**한테 그런 식으로 말을 하는 것은 무척 부끄러운 일이라고 남편을 나무랐지만, 조는 알피를 동생으로 취 급조차 하지 않는다고 했고 그 때문에 한바탕 소동이 날 뻔했다.

❼ Shall we acquire the means of effectual resistance, by lying supinely on our backs, and hugging the delusive phantom of hope, until our enemies have bound us **hand and foot**?

* Patrick Henry, "Give Me Liberty, or Give Me Death!".

❽ The collection includes a **spine-chilling** ghost story by Edgar Allan Poe.

❾ With a few strokes Frodo brought the boat back to the bank, and Sam was able to scramble out, **wet as a water-rat**. Frodo took off the Ring and stepped ashore again.

* J.R.R. Tolkien, *The Lord of the Rings*.

❿ Husky **stole a rapid glance at** the subject of their discussion, taking him in critically from his cheap felt hat to his cheap boots, from his pale, spotty face to his rather dirty hands, from his steel-framed spectacles to his leather watch-guard.

* Aldous Huxley, "Half-Holiday". steal a glance: ~을 슬쩍 보다, ~을 훔쳐보다.

❼ 하늘 보고 가만히 누워서 희망이라는 미혹의 허깨비를 끌어안으면, 효과적 저항 수단을 확보하게 될까요. 결국 적은 우리 **손발**을 꽁꽁 묶어 버릴 텐데요?

* bind somebody hand and foot: ~를 꼼짝 못 하게 하다.

❽ 그 작품집에는 에드거 앨런 포가 쓴 **등골이 오싹한** 유령 이야기가 한 편 들어 있다.

❾ 노를 몇 번 저어 프로도는 다시 배를 강변에 댔고 샘은 **물에 빠진 생쥐처럼** (강변으로) 기어 나왔다. 프로도는 반지를 손가락에서 빼고 다시 강변에 내려섰다.

❿ 허스키는 그들이 의논하고 있는 대상을 **재빠르게 훔쳐보면서** 그의 싸구려 펠트 모자에서부터 싸구려 구두까지, 핏기 없는 여드름 투성이 얼굴에서부터 꽤 지저분한 손까지, 쇠테 안경에서부터 회중시계 가죽끈까지 찬찬히 살펴보았다.

⓫ As President James Buchanan affixed his signature to the bill granting statehood, the celebrations began. The news **spread like wildfire** across that state. People gathered at every street corner, rejoicing with cheers, songs and dancing.

* Joanna L. Stratton, *Pioneer Women: Voices from the Kansas Frontier.*

⓬ They redoubled their attentions towards Louise. They would not let her **stir a finger**; they insisted on doing everything in the world to save her trouble.

* Somerset Maugham, "Louise". do not stir/lift a finger: 손끝 하나 까딱하지 않다.

⓭ China may be **stepping back** from the free-market economy, pro-business policies that transformed it into the world's No.2 economy.

⓮ Several of the poems were produced before novel-writing had been thought of as a pursuit; but few saw the light till all the novels had been published.

* Thomas Hardy, "General Preface to the Novels and Poems". pursuit: 직업, 소일거리, 취미.

⑪ 제임스 뷰캐넌 대통령이 주(州)의 지위를 승인하는 법안에 서명하자 축하 잔치가 시작되었다. 이 소식은 주 전역에 **들불처럼 퍼져 나갔다.** 사람들은 길모퉁이마다 모여 환호성을 지르고 노래를 하고 춤을 추며 기뻐하였다.

⑫ 그들은 루이즈에 대한 배려를 곱절로 늘렸다. 그녀가 **손가락 하나 꼼짝하지** 못하도록 하면서, 그녀의 수고를 덜어 주는 일이라면 무슨 일이든 하겠다고 했다.

⑬ 중국은 자신을 세계 경제 2인자로 변모시킨 친기업 정책과 자유 시장 경제에서 **발을 빼려** 할지도 모른다.

⑭ (그는) 소설 쓰기를 본업으로 생각하기 전에 몇 편의 시를 창작했지만, 소설 출판이 모두 끝날 때까지 **햇빛을 본** 것은 거의 없었다.

⑮ When the husband lost his job, the Smiths had to do without many things, but their savings were all spent, they had to **tighten their belts** another notch.

⑯ I was within **a hair's-breadth of** the last opportunity for pronouncement, and I found with humiliation that probably I would have nothing to say.

* Joseph Conrad, "Heart of Darkness".

⑰ The morning mailcart, with its two noiseless wheels, speeding along these lanes **like an arrow**, as it always did, had driven into her slow and unlighted equipages.

* Thomas Hardy, *Tess of the d'Urbervilles.*

⑱ The legality of abortion has become a political **hot potato** in many countries around the world.

⑮ 남편이 실직하자 스미스 부부는 살림이 많이 어려워졌고, 저축한 돈을 다 쓰고 나서는 **허리띠를** 한 칸 더 **졸라매야** 했다.

⑯ 나는 (내 삶에 대한) 최종 판단을 내릴 마지막 기회를 **간발의 차이**로 놓쳤지만, 어차피 나는 아무런 할 말이 없으리라는 것을 깨닫고 굴욕감을 느꼈다.

* 간발(間髮): 아주 잠시 또는 아주 적음을 이르는 말. 간불용발(間不容髮)이라는 사자성어에서 비롯되었으며, '머리카락 하나 들어갈 수 없을 정도의 작은 틈'이란 뜻이다.

⑰ 아침 우편마차가 여느 때와 마찬가지로 이 오솔길을 바퀴 소리도 없이 **쏜살같이** 달려오다가 불빛도 없는 그녀의 느림보 짐마차를 들이박은 것이었다.

* like an arrow가 좀 밋밋한 비유법이라면, 우리말 '쏜살같이'는 훨씬 생동감 넘치는 표현이다.

⑱ 낙태의 합법화 여부는 전 세계 많은 나라에서 정치적으로 **뜨거운 감자**가 되었다.

* '뜨거운 감자'는 영어의 hot potato를 직역한 말이지만 이제는 한국어에서도 일상적으로 사용하는 관용 표현이 되었다. 다만 이 문장에서처럼 이러지도 저러지도 못하는 곤혹스런 상황—문자 그대로 삼킬 수도 뱉을 수도 없는 뜨거운 감자—이 그 속에 들어 있어야 하는데, 그렇지 않은 경우에 잘못 쓰는 경우가 종종 있다.

⑲ She was the judge who broke **the glass ceiling** and was called the "Queen of the Center" for her moderate conservative stance.

* the glass ceiling: 유리 천장. 주로 여성의 고위직 진출을 가로막는 보이지 않는 장벽을 가리키는 비유법이다. 미국 언론에서 1970년대에 만든 조어로, 한국어에서도 일상적으로 많이 사용된다.

⑳ The effect of it was soon apparent in his manner, and his wife but too sadly perceived that in strenuously steering off **the rocks** of the licensed liquor-tent she had only got into **maelstrom depths** here amongst the smugglers.

* Thomas Hardy, *The Mayor of Casterbridge*. 섬나라인 영국에서 해양문화는 그들의 일상 언어에도 광범위하게 반영되게 마련인데, 흔한 비유는 아니지만 '암초'(the rocks)와 '소용돌이 바다'(maelstrom depths)의 대비도 그중의 하나이다. 그대로 옮겨도 충분히 의미가 전달된다. 한국 속담의 '노루 피하니 범이 온다'와 비슷한 비유법이다.

Ⅱ. 비유를 다른 비유로 옮기기

비유적 표현을 직역으로 옮겨도 되는 운 좋은 경우는 많지 않다. 비유 역시 출발어와 도착어가 속한 문화권의 오랜 사회문화적 배경을 반영하는 것이기 때문이다. 그렇다고 해서 직설법으로 풀어서 쓰는 것은 글쓴이의 의도를 올바로 반영한 것이라고 할 수 없다. 따라서 정확하게 일치하지는 않지만 비슷한 발상을 보여 주는 비유법을 찾거나, 아니면 최소한 비유적 함의와 어조가 들어가는 방식으로 번역할 수 있다면 그렇게 해야 한다.

⑲ 그녀는 **유리 천장**을 깬 판사로 중도 보수 성향 때문에 "중도의 여왕"으로 불렸다.

⑳ 그 효과는 그의 태도에서 금방 나타났고, 그의 아내는 너무나 유감스럽게도 허가받은 술집이라는 **암초**를 어렵사리 피했지만 결국 밀주업자라는 **소용돌이 바다**를 만나고 말았다는 사실을 깨달았다.

* 아내는 남편이 술을 마시지 못하게 하려고 술집을 피해 다른 식당으로 갔으나 그곳은 오히려 밀주를 파는 곳이었고, 놀랍게도 그곳에서 남편은 술기운에 아내를 경매로 팔아넘긴다.

❶ I try steering instead, but whether it is that the rowers are pulling unevenly or that the wind is forcing **the nose of the boat** out of a straight course, I find that steering also is a full-time job.

* Robert Lynd, "Activities".

❷ He had found the answer to the problem of making the lock stitch on a sewing machine, a problem which had baffled every inventor before. Put the *eye* in the point of the needle!

❸ It was twenty years ago and I was living in Paris. I had a tiny apartment in the Latin Quarter overlooking a cemetery and I was earning barely enough money **to keep body and soul together.**

* Somerset Maugham, "The Luncheon".

❶ 나는 대신 키를 잡아 보려고 하지만, 노 젓는 이들이 고르지 못하게 젓는 것인지 아니면 바람 때문에 **뱃머리**가 직선 방향을 벗어난 것인지, 키 잡는 것도 무척 힘든 일인 것을 깨닫는다.

 * 배나 비행기의 앞부분을 비유적으로 가리킬 때 우리는 '머리'라고 하지만 영어에서는 nose를 사용할 때가 많다. nose down/up은 '기수를 내리고/올리고'라는 뜻이다. 우리말의 뱃머리나 한자어의 선수(船首)처럼 영어에서도 the head of a ship/boat라는 표현을 쓰지만, 이 말은 '선장'이나 '함장'을 가리킬 수도 있으므로 유의해야 한다.

❷ 그는 재봉틀로 박음질을 할 때의 문제점, 곧 이전의 모든 발명가들에게 좌절감을 안겨 주었던 문제의 해결책을 발견했다. 바늘 끝에 '**귀**'를 달아라!

 * 바늘의 구멍을 영어로는 the eye of the needle이라 하고 우리말에서는 '바늘귀'로 표현한다. 흥미롭게도 한자어로 침안(針眼)이란 표현이 있으나, 이는 제책 과정에서 실을 꿰매는 자리(구멍)를 가리키는 말이다.

❸ 그것은 20년 전 일이었고 나는 파리에 살고 있었다. 라틴 지구에 공동묘지가 내려다보이는 작은 아파트가 하나 있었고, 벌이는 **겨우 입에 풀칠을 하는 정도**였다.

 * 영어와 한국어의 두 표현 모두 '겨우 생계를 유지하는 정도'라는 뜻이며, 일상적인 친숙도에서도 비슷한 수준이다.

❹ Parishioners dropped in by twos and threes, deposited themselves in rows before her, rested **three-quarters of a minute** on their foreheads as if they were praying, though they were not; then sat up, and looked around.

* Thomas Hardy, *Tess of the d'Urbervilles*.

❺ "God, you've got **a big mouth**! Don't you ever stop talking about other people's business?"

❻ "Oh, we couldn't have a party without you — that would be like *Hamlet* without the prince!"

* 이 관용구는 *Hamlet* without the prince of Denmark로 늘려 쓰기도 한다. 같은 뜻의 좀 더 흔한 표현으로는 a fountain pen without ink가 있다. '햄릿'을 이렇게 이탤릭체로 쓰면 작품 『햄릿』을 가리킨다.

❼ Most people are outraged that the corporation only received **a slap on the wrist** after breaking so many regulations.

❹ 교구민들이 **삼삼오오** 들어와서 그녀 앞줄에 자리를 잡았고, 그들은 기도는 하지 않으면서도 기도하는 척 **3/4분 동안** 머리를 숙였다. 그러고는 바로 앉아서 좌우를 둘러보았다.

* 개별 숫자에 대한 감각도 두 언어 사이에 차이가 있는 셈이다. three-quarters of a minute는 기도를 건성으로 하는 교구민들을 풍자하기 위해 쓴 과장법이지만, 관용구로 정착되지는 않았기에 그대로 직역하는 것이 나아 보인다.

❺ "맙소사, 넌 정말 **입이 싸구나**! 다른 사람 이야기하는 거 그만둘 수 없어?"

* 이 관용구의 경우, 영어보다는 우리말이 훨씬 실감 나는 표현인 것을 알 수 있다.

❻ "아, 너 없인 파티를 할 수 없지. 그건 **김빠진 맥주**나 마찬가지거든."

* 이 관용구는 실제로 있었던 사건에서 비롯되었는데, 1775년 어느 날 Hamlet 역을 맡은 배우가 공연 전날 하숙집 딸과 달아나는 바람에 다음날 공연에서 Hamlet 배우 없이 공연을 했다고 한다.

❼ 대부분의 사람들은 그 회사가 그렇게 여러 번 규정을 위반하고도 **솜방망이 처벌**만 받은 것에 분개했다.

* 이 관용구는 직역하면 우리말의 '손목 때리기'에 해당하는데, 우리도 알고 있는 장난이기는 하지만 비유법으로 사용하지는 않는다.

❽ Everyone who attends that university was **born with a silver spoon in his mouth**, so I just don't think it's the right place for me.

* 현대인들이 휴대전화를 가지고 다니듯이 예전에는 자기 숟가락을 가지고 다니던 시절이 있었다. 이때 사회적 지위와 부가 있는 사람들은 silver spoon을 가지고 다녔고, 여기서 이 관용구가 유래하였다고 한다.

❾ Greg decided against investing in the new technology company because he got the feeling that it was **a house of cards.**

❿ While slowly breasting this ascent Tess became conscious of footsteps behind her, and turning she saw approaching that well-known form — so strangely accoutred as the Methodist — the one personage in all the world she wished not to encounter alone on **this side of the grave.**

* Thomas Hardy, *Tess of the d'Urbervilles*. 이 관용구는 '죽기 전에'라는 뜻이지만, '무덤의 이쪽'이라는 원래의 의미를 살린다면 '이승'—'이생(生)'에서 유래한 말—도 괜찮다. this side of the grave와 짝을 이루는 표현으로 the other side(저승)—이 경우는 of the grave 없이 사용함—를 쓴다.

❽ 그 대학 다니는 사람은 모두 **금수저를 물고 태어났기** 때문에, 그 대학이 나한테 맞는 곳이라고는 생각지 않아.

> * 흥미로운 것은 한국어에서는 거의 예외 없이 '금과 은', '금은보화' 등 금이 은에 선행하는 어순을 사용하지만 영어에서는 gold and silver 못지않게 silver and gold 의 어순도 많이 사용한다는 점이다. 구글 검색에서는 전자와 후자의 용례 빈도가 대략 2:1의 비율로 나타난다. 한국어성서 중에는 영어성서의 silver and gold를 그대로 옮겨 '은금'이라고 번역한 것이 많다.

❾ 그렉은 그 신기술 회사에 투자하지 않기로 했는데, 그 회사가 **사상누각**이라는 느낌이 들었기 때문이다.

> * 두 관용구의 비유 수준이 거의 비슷하고, 또한 'house/누각'의 대비도 절묘하다는 점에서 적절한 번역이다.

❿ 이 오르막길을 천천히 걸어가고 있던 테스는 등 뒤에서 나는 발소리를 들었고, 고개를 돌리는 순간 그 낯익은 모습이—감리교도 같은 매우 이상한 복장을 하고—따라오고 있는 것을 보았다. **이 승에서는** 절대로 단둘이 만나고 싶지 않던 그 남자였다.

⑪ But when circumstances forced George to realize that his brother would never settle down and he washed his hands of him, Tom, without a qualm, began to blackmail him.

* Somerset Maugham, "The Ant and the Grasshopper".

⑫ Father Andrew, a kind old priest, saw him and took Tom under his wing.

* take someone under one's wing: =help, teach, or take care of.

⑬ After climbing mountains in the Swiss Alps, going up English hills is a piece of cake.

⑭ If they want to cut the budget deficit, they are going to have to bite the bullet and find new sources of revenue.

⑮ Having a concert in our friend's café was such a good idea! Sure, we were packed in like sardines, but everyone had a great time.

* sardines: 정어리.

⑪ 하지만 동생(톰)이 자리 잡고 정착할 생각이 없다는 것을 조지가 깨닫고 **동생한테서 손을 떼는** 상황이 되자, 톰은 태연하게 형을 협박하기 시작했다.

⑫ 자상한 노사제 앤드류 신부가 **톰을 만나 그를 품에 안았다.**

⑬ 스위스 알프스를 등산하고 나니 영국 산을 올라가는 것은 **식은 죽 먹기**이다.

⑭ 그들은 재정적자를 줄이려면 **이를 악물고** 새로운 재원을 찾아내야 할 것이다.

⑮ 우리 친구 카페에서 콘서트를 여는 것은 무척 근사한 생각이었다! 역시, 카페는 **콩나물시루처럼 빽빽**했지만 모두들 행복한 시간이었다.

⑯ He was **a good mixer**, and in three days knew everyone on board.

* Somerset Maugham, "Mr Know-All". a good mixer: 모르는 사람들과 쉽게 어울리는 사람.

⑰ Professor Green reckons we need to cast off our **stiff upper lip** and stop repressing emotions for the sake of our mental health, particularly in times of grief.

* keep a stiff upper lip: (아프거나 곤란한 것을) 내색하지 않다, 참고 견디다.

⑱ The littlest thing tends to anger my mother, so I feel like I have to **walk on eggshells** whenever I'm at her house.

* littlest: little의 최상급(비표준 어법).

⑲ My husband and I have waited for a long time to have our first baby and she is **the apple in my eyes**.

* the apple of(in) one's eye: 특별히 소중한 사람(물건). 예로부터 눈동자[pupil (of the eye)]를 사과에 비유해 왔다.

⑳ The promotion **cuts both ways** because though I'll make more money, I'll have to be away from my family more often.

⑯ 그는 **반죽 좋은 사람**이었고, 사흘 만에 배 안에 있는 모든 사람들과 사귀었다.

> * 반죽: 뻔뻔스럽거나 비위가 좋아 주어진 상황에 잘 적응하는 성미(표준국어대사전).

⑰ 그린 교수는 우리의 정신 건강을 위해—특히 비탄의 시기에는—**이를 악물고** 감정을 억제하는 것을 멈출 필요가 있다고 생각한다.

⑱ 그 사소하기 짝이 없는 작은 일이 어머니의 화를 돋우는 듯해서 나는 어머니 집에 가기만 하면 꼭 **살얼음판을 걷는** 것 같다.

⑲ 남편이랑 저는 첫 아이를 오랫동안 기다려 왔기 때문에 딸아이는 **눈에 넣어도 아프지 않아요.**

⑳ 승진은 **양날의 검**과 같다. 돈을 많이 벌기는 하지만 가족과 지낼 시간이 줄어들기 때문이다.

Ⅲ. 비유 제거하기

비유를 직역하여 비유로 옮기거나 상응하는 비유를 찾지 못하는 경우에는 유감스럽게도 설명조의 번역을 할 수밖에 없다. 어설픈 비유를 사용하면 오히려 오역의 위험이 있으므로, 그럴 때는 차라리 비유법을 포기하고 직설법으로 옮기는 것이 낫다.

❶ When we get **the green light**, we'll start.

❷ Then, lest **the flesh** should again be weak, she crept upstairs without any shoes and slipped the note under his door.

* Thomas Hardy, *Tess of the d'Urbervilles*. 결혼을 앞둔 Tess가 Angel에게 자신의 과거를 고백할까 말까 고민하는 대목.

❸ Everyone was **on pins and needles** waiting to hear the jury's verdict.

* be on pins and needles: 초조한, 조마조마한, 조바심이 나는.

❶ 우리는 **승인**이 떨어지면 출발할 겁니다.

> * '승인', '허가'의 의미로 쓰는 이 관용어는 교통신호에서 유래한 것으로 추정된다. 우리말의 '청신호가 들어왔다'나 '파란불이 켜졌다' 역시 비유법으로 활용되기는 하지만, 영어의 green light와는 맥락이 약간 다르기 때문에 역어로 그대로 사용하기에는 적절치 않다.

❷ 그러고 나서 다시 **마음**이 약해지기 전에 그녀는 신발도 신지 않고 위층으로 살금살금 기어 올라가서 쪽지를 그의 방문 밑으로 집어넣었다.

> * 여기서 flesh는 spirit이나 soul과 대비되는 '육체'를 의미하는데, 성서의 다음 구절이 이와 유사한 용례를 보인다. The spirit is willing, but the flesh is weak(마음에는 원이로되 육신이 약하도다. 마태복음 26:41). 하지만 한국어에서는 통상 '몸'이나 '육체'를 이런 식의 은유로 사용하지는 않으므로 거꾸로 '마음이 약하다'로 풀어 쓰는 것이 낫다.

❸ 모두들 배심원단의 평결을 기다리며 **무척 긴장하고 있었다**.

> * 언뜻 보면 '바늘방석'이나 '가시방석'이 이 대목의 비유법을 살린 표현으로 그럴듯해 보인다. 하지만 두 표현 모두 '매우 어색하고 불편한 상황'이란 의미를 담고 있어서 영어의 anxious, tense, in suspense 등에 대한 비유적 표현으로는 적절치 않다. 비슷해 보이지만 자칫 오역이 될 수 있는 비유법이 있으므로 조심해야 한다.

❹ This calculus homework is **a pain in the neck**. It's not that I don't understand it, it's just so tedious!

❺ It was the first time in years Miss Matt had spoken to a child younger than the first year of high school, and she felt free to **end a sentence with a preposition**.

* Shirley Jackson, "The Sorcerer's Apprentice". 문장의 마지막 어구는 '전치사로 문장을 끝내지 말라'는 영작문 지침과 관련이 있다. 구어체에서는 그렇게 쓸 수도 있지만, 공식 문서에서는 가급적 피하라는 것이다.

❻ I tried **breaking the ice** with a joke, but it didn't help.

❼ Can you make sense of these instructions? It's all **Greek to me**!

❹ 이번 미적분 숙제는 **골칫거리**야. 이해가 안 되는 게 아니라, 너무 지겨워.

  * '목덜미의 통증'이란 뜻에서 유추하여 얼핏 '눈엣가시'가 번역어로 떠오를 수 있다. 하지만 '눈엣가시'는 '지속적으로' 밉거나 싫은 사람을 가리키므로 이 대목과 정확히 일치하지 않는다.

❺ 매트 선생이 고등학교 1학년보다 어린 아이와 말을 해 보는 것은 몇 년 만에 처음이었다. 그래서 그녀는 **말을 짧게 끊으면서도** 마음이 편했다.

  * '전치사로 문장을 끝내다'는 결국 전치사의 목적어를 쓰지 않고 줄인다는 뜻에서— 소탈하거나 또는 무례하게—'말을 짧게 끊다'로 번역할 수 있다.

❻ 나는 농담으로 **딱딱한 분위기를 풀어 보려고** 했지만 소용이 없었다.

  * ice-breaking을 한자어로 쓴 해빙(解氷)이 비유적 표현으로 쓰이기는 하나, 통상 국제 정치에서 긴장 완화의 의미로 쓰일 뿐 이런 경우에는 사용하지 않는다.

❼ 이 지시사항이 이해가 되니? 난 도저히 **이해 불가**야.

  * Greek: =completely unintelligible. 영어에서는 일상적으로 많이 쓰는 표현이다. 셰익스피어의 희곡 『줄리어스 시저』에서 세네카의 그리스어 연설을 못 알아듣겠다고 하는 대목에서 유래하였다. 그리스란 국명에서 착안하여 '딴 나라 이야기' 정도로 번역해 볼 수 있으나 일상적인 비유로 다가오지는 않는다.

❽ He didn't treat me very well at the time but it's all **water under the bridge** now.

* '물'에 착안한 것인지는 몰라도 이 관용구를 '엎지른 물'과 동일시하는 오역이 종종 발견된다. 하지만 water under the bridge는 '세월이 흘러 이제 그 일이 아무렇지도 않다'는 어조가 담겨 있으므로 '지나간 일' 정도로 풀어서 번역하는 것이 더 정확하다.

❾ She walked in **as cool as a cucumber**, as if nothing had happened.

❿ There is something that I must say to my people who stand on the warm **threshold** which leads into the palace of justice.

* Martin Luther King, Jr., "I Have a Dream".

❽ 그 당시 그는 나를 제대로 대접해 주지 않았지만, 이젠 다 **지나간 일이다.**

❾ 그녀는 마치 아무 일도 없었다는 듯이 **대단히 침착하게** 걸어 들어 왔다.

  * as cool as a cucumber는 이른바 직유(simile)에 해당하는 비유법인데, '오이'의 의미를 완전히 무시해도 좋을 정도로 일상적인 표현이 되었다.

❿ 나는 정의의 궁전으로 들어가는 뜨거운 **출발점**에 서 있는 나의 형 제들에게 해야 할 말이 있습니다.

  * threshold나 '문턱' 모두 '입구', '출발점'의 의미를 지니고 있어 직역할 수 있으나, 묘하게도 '뜨거운 문턱'이란 조합이 어색한 느낌을 준다. 특별히 의미 있는 비유가 아니라면 풀어서 번역할 수 있으므로 여기서는 오히려 '뜨거운 출발점'이 상대적으로 나아 보인다.

12장

기타

·
·
·

■ 리듬 살리기

비유를 비유로 옮겨야 하듯이, 원문에 리듬이 있다면 리듬도 같이 옮겨야 제대로 된 번역이라고 할 수 있다. 하지만 이는 만만찮은 일이다. 여기서는 가장 초보적인 리듬이자 또 영어와 한국어에 공통으로 존재하는 리듬인 두운(alliteration)을 중심으로 리듬의 번역 가능성을 탐색해 본다.

■ 이름, 호칭의 번역

사소하지만 번역의 질에 큰 영향을 미치는 사항 중의 하나가 이름을 비롯한 호칭의 번역이다. 개인의 이름과 이름 전후에 붙는 호칭, 상호의 표기, 이에 수반되는 어형의 변화 등이 번역 시 따져 보아야 할 사항에 속하는데, 이는 단순히 언어적 문제라기보다 두 언어가 속한 사회·문화적 배경에 그 연원이 있다.

■ 동서남북의 어순

일상에서 자주 쓰지만 번역에서 약간의 논란을 낳는 어구가 바로 동서남북 방위 표기와 관련된 단어들이다. 영어의 방위 표기 방식은 우리말보다 훨씬 규범화되어 있는 반면에, 우리말은 한국어의 전통적 방위 표기 방식과 서구식 어순이 혼용되고 있다.

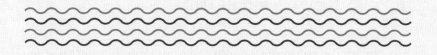

리 리 릿자로
끝나는 말은
괴나리 보따리 댑싸리 소쿠리
유리 항아리

"Row, Row, Row Your Boat"

1. 이 노랫말의 번역자로 알려진 윤석중은 원곡 노랫말의 운율을 살리는 어려운 작업을 잘 수행해 냈다고 높이 평가받아 마땅하다. 영시의 리듬 양식으로 설명하자면 2행과 4행의 마지막 단어 stream과 dream의 반복에서 생성되는 각운(rhyme)이 이 노래의 리듬이지만, 윤석중은 '로우'(row)와 '메릴리'(merrily)의 반복에서 두드러지는 /ㄹ/ 사운드를 살려 "리, 리, 릿자로 끝나는 말은"이라는 인상적인 노랫말을 만들어 낸 것이다.

2. 흥미로운 것은 원곡 마지막 행의 "Life is but a dream."이다. "인생은 한갓 꿈에 불과해"라는 구절이 어린이 동요치고는 다소 철학적인 느낌을 주기 때문이다. 동요에 어울리게 성실하고 긍정적인 자세의 필요성에 대한 역설로 설명하는 이들이 있는가 하면, 이른바 Carpe Diem(지금 이 순간에 충실하라)의 천명으로 보는 이들도 있다.

I. 리듬 살리기 — 두운의 재미

말의 리듬이나 운율을 번역에 반영하는 것은 고난도의 작업이다. 그렇지만 시 번역처럼 리듬이 높은 비중을 차지하는 전문 번역이 아닌 일상적 산문에서 쓰는 낮은 단계의 운율 효과는 가능한 범위 내에서 리듬을 살리는 시도를 해 볼 만하다. 대표적인 것이 두운(alliteration)이다. 인접한 단어(한국어로는 어절)의 첫소리를 같은 소리로 반복하여 리듬을 만드는 두운은 영어나 한국어 모두 예부터 익숙하게 써 온 친숙한 리듬이다. 운 좋게 두운의 리듬을 살려 번역할 수 있으면 좋고, 그렇지 못하면 다른 리듬이라도 운율의 느낌을 살리는 시도를 해 보도록 한다.

❶ Fact is more strange than fiction.

* 두운은 고대 영시의 기본 운율로 쓰였을 만큼 오랜 내력을 지닌 리듬이므로 속담과 격언 등 오래된 표현에서 종종 볼 수 있다. fact와 fiction이 인접하지 않았기 때문에 엄격히 말해 두운이라고 할 수는 없으나, 두 개의 핵심 단어라는 점에서 운율 효과를 인정할 수 있겠다. strange 대신에 curious를 쓰기도 한다.

❷ I was adding fuel to the fire by investing millions of dollars in what some might call "nonproductive" things.

* add fuel to the fire: 상황을 악화시키는 행위(말)를 하다, 설상가상.

❶ 소설보다 희한한 것이 사실.

> * fiction을 '허구'가 아니라 '소설'로 번역하고, fact를 '사실'로 번역하여 /ㅅ/ 사운드 의 반복 효과를 만들어 내고 있다. '소설' 대신 '허구'를 사용한다면 '허구보다 희한한 것이 현실'로 /ㅎ/ 사운드의 반복 리듬을 만들어 볼 수 있겠다.

❷ 나는 이른바 "비생산적인" 일에 수백만 달러를 투자하고 있어서 불난 집에 부채질하는 꼴이었다.

> * /f/ 소리를 /ㅂ/으로 바꾸어 원문의 두운을 번역문에도 살리고 있다. 우리말 속담도 두운으로 만들어진 운 좋은 경우이다.

❸ If you think you're as busy as a bee, well, think again. Scientists are now discovering that most creatures, even bees, beavers and ants, spend most of their time doing nothing at all!

* busy as a bee는 너무 익숙한 관용구라서, 사실 벌(bee)을 무시하고 '무척 부지런 한'으로 옮기는 것이 나을 정도이다. 흥미로운 것은 '부지런함'이라면 개미(ant)도 벌에 못지않은데, 사용 빈도로는 busy as a bee가 훨씬 높다는 점이다. 이는 무엇보다도 busy와 bee가 이루는 두운 효과 때문으로 추정된다.

❹ Gazing up into the darkness I saw myself as a creature driven and derided by vanity; and my eyes burned with anguish and anger.

* James Joyce, "Araby".

❺ Join us for our Free Friday Family Movie! This program is for all ages and features family movies rated G or PG. Popcorn and a beverage will be served. Children under 6 must be accompanied by an adult caretaker.

* Free Friday Family Movie: /fr/의 두운을 효과적으로 활용하고 있다. 이 홍보문 외에도 영미권에는 "Friday is Free"처럼 금요일에 공짜 서비스를 하는 광고 카피가 셀 수 없이 많다. 이는 금요일이 주말의 시작이라는 이유도 있지만, Friday와 Free의 두운 때문에 더욱 효과적인 홍보를 할 수 있기 때문이다.

그림 출처: McDonald's

❸ 자신이 **'벌처럼 부지런하다'**고 생각한다면, 글쎄, 다시 생각해 보시기 바랍니다. 과학자들이 최근에 발견한 사실은 동물들 대부분이 심지어 벌이나 비버, 개미까지도 아무 일도 하지 않을 때가 많다는 겁니다.

* 우리는 낯설지만 영미권에서는 물가에 나뭇가지로 댐을 막아 집을 짓는 beaver 역시 부지런한 동물로 알려져 있고, 그래서 as busy as a beaver란 표현도 종종 쓴다.

❹ 어둠 속을 쳐다보면서 나는 스스로 허영심에 **쫓기고 조롱당한** 느낌이 들었고, 내 두 눈은 **비통과 분노**로 이글거렸다.

❺ **'금요일 공짜** 가족 영화 보는 날'에 참여하세요! 이 행사는 전 연령대 대상이며 G 등급과 PG 등급의 가족 영화를 상영합니다. 팝콘과 음료도 제공합니다. 6세 미만 아동은 성인보호자와 함께 와야 합니다.

* 다행히 한국어로도 /ㄱ/ 사운드를 활용하여 원문의 두운을 살린 번역을 할 수 있다. 재미있는 것은 한국어로는 free를 번역할 때 '공짜'와 '무료' 모두 쓸 수 있으므로, '무료'에 운을 맞춘다면 '목요일'로 바꾸면 된다. 실제 그런 광고문도 있다.

그림 출처: facebook.com/TODAIKOREA/photos

❻ There you lie like a vole under the bank, Mablung the mighty!

* J.R.R. Tolkien, *The Children of Húrin.*

❼ Many a little makes a mickle.

* /m/ 사운드의 연속이 만들어 내는 두운 효과뿐만 아니라 little과 mickle의 /i/ 사운드 반복으로 이 속담은 무척 유려하게 읽힌다. 이와 같이 인접한 단어에서 동일 모음이 반복될 때 만들어지는 운율 효과를 assonance(유운 또는 모음운)라고 한다.

❽ If you're not happy in your current job, then you should be working **might and main** to find a new one.

* might and main: 전력을 다해, 있는 힘을 다해. with might and main으로 쓰기도 한다.

❾ But glancing in the other direction she saw another form coming along the same track. It was also that of a man. He, too, was in black **from top to toe**; but he carried an umbrella.

* Thomas Hardy, *Under the Greenwood Tree.*

❻ **막강한 마블롱** 님께서 들쥐같이 강둑 밑에 숨어 계시다니!

❼ **티**끌 모아 **태산**

 * /m/의 두운 효과가 한국어에서는 /ㅌ/ 사운드의 두운으로 살아난 셈이다. 그런데 Many a little makes a mickle.은 유려하게 읽히기는 하지만 의미상으로는 '많은 작은 것이 큰 것을 만든다'는 무미건조한 뜻으로, 일상적으로는 Every little bit helps(counts).가 훨씬 더 많이 쓰인다. 하지만 후자 역시 의미로는 여전히 밋밋한 편인데, 이에 반해 우리말 '티끌 모아 태산'은 두운의 리듬뿐만 아니라 6음절의 짧은 길이에서 오는 강렬함, 그리고 '티끌'과 '태산'의 강력한 대조 효과 등 좋은 속담의 필수 요건을 두루 갖추고 있다.

❽ 당신이 현재 직업에 만족하지 못한다면 **혼신의 힘**을 다해 새 일자리를 찾아보도록 애를 써야 한다.

❾ 하지만 그녀는 다른 쪽을 응시하고 있다가 어떤 형체가 같은 길을 따라오고 있는 것을 보았다. 역시 남자였다. 그 또한 **머리끝에서 발끝까지** 검은 옷차림이었지만, 우산을 들고 있었다.

 * top to toe처럼 두운은 아니지만 '머리끝에서 발끝까지'는 나름의 리듬감이 느껴지는 관용구이다.

⑩ Blessed are you who are detoured ... but not deterred.

BLESSED are YOU who are
DETOURED....but not DETERRED.
Thank you for your patience during construction.

The First Church
of Christ, Scientist

For more information please visit us at www.christianscienceplaza.com

ⓒ김보원

Ⅱ. 이름과 호칭

개인주의 성향이 강한 서양인들은 개인의 이름을 호칭으로 쓰는 경우가 많은데, 이를 그대로 옮기면 어색할 때가 있다. 이 경우 우리말로는 그 사람의 공적인 직위나 직책, 가족 간이라면 관계를 나타내는 호칭 등을 덧붙여 번역하면 자연스럽다. Mr.나 Miss, Mrs. 등도 '씨'나 '양'으로 쓰면 생뚱맞은 느낌을 줄 때가 있으므로 적절한 호칭으로 바꾸는 것이 옳다. 촌수에 무심한 영미인들이 aunt, uncle 등을 써 놓으면 '아저씨', '아주머니'가 아니라 외삼촌, 고모, 외숙모 등 구체적으로 밝혀 주는 것이 좋다.

⑩ **돌아가지만 다 갈 수 있는** 그대는 행복하나니.

* 미국 보스턴 어느 건축공사장 외곽에 붙은 가림막의 문구이다. 건축주는 The First Church of Christ, Scientist라는 긴 이름의 교회로, 공사로 인한 통행 제한에 보행자들의 양해를 구하면서 신약성서의 산상수훈(The Sermon on the Mount)을 위트 있게 패러디하고 있다. 직역을 하면 '돌아가지만, 못 가는 것은 아니다'라는 뜻으로, 예시 번역에서는 /d/ 사운드의 두운 리듬을 어렵사리 살려 보았다.

❶ The person who succeeds Mark Carney as leader of the Bank of England will have to brace for a challenge. When Britain voted to leave the European Union, **Mr. Carney** was quick to reassure the public that the central bank would support the economy as the country worked to sever the relationship.

* 영어의 Mr.가 얼마나 광범위하게 사용되는지를 보여 주는 좋은 사례이다. 우리말의 '씨'도 종종 격식 있는 표현으로 쓰기도 하나 이 경우에는 어울리지 않는다.

❷ A Quinnipiac Poll released Wednesday found **Mr. Biden** has a 52%-37% edge over **Mr. Trump** among registered voters less than 100 days out from Election Day.

* 이 시점에 트럼프는 현직 대통령이었고, 바이든은 민주당 후보였다.

❸ Hello! Welcome to our class website!!! My name is **Mrs. Smith** and I am so excited to be your child's 2nd grade teacher!

❹ **Miss Bates** is a friendly, garrulous spinster whose mother, **Mrs. Bates,** is a friend of Mr. Woodhouse. Her niece is Jane Fairfax, daughter of her late sister.

* Mr., Miss, Mrs. 등의 번역에서 가장 어려운 사례이다. Jane Austen의 작품 *Emma* 의 등장인물에 대한 설명의 일부로, 여기서 Miss Bates는 미혼—요즘식으로는 비혼— 이지만 나이가 많은 여성이다. 나이가 아무리 많아도 자연스럽게 Miss란 호칭을 붙인 다는 점이 우리와 다르다.

❶ 영란은행의 수장으로 마크 카니의 뒤를 이을 사람은 도전을 감당할 준비가 되어 있어야 한다. 영국이 투표를 통해 유럽연합을 떠나기로 결정하자, **카니 총재**는 신속하게 대중들에게 영국이 관계 단절을 위한 작업을 하는 과정에 중앙은행이 경제를 지켜 나갈 것이라는 믿음을 주었다.

 * 여기서는 '영란은행 총재'로서의 업무에 관한 것이므로 '카니 총재'로 옮기는 것이 자연스럽다.

❷ 수요일에 발표된 퀴니피악(대학) 여론조사에 따르면 선거일이 100일도 채 남지 않은 시점의 등록유권자들 사이에서 **바이든 후보**가 **트럼프 대통령**보다 52% 대 37%로 우위에 있는 것으로 나타났다.

❸ 안녕하세요! 우리 반 웹사이트에 오신 것을 환영합니다!!! 저는 **스미스 선생**이고, 여러분 자녀의 2학년 선생을 맡게 되어 무척 기쁩니다.

 * 미국에서는 초중등학교의 교사들은 거의 Mr.나 Mrs. Ms. 등을 호칭으로 쓰고, 학생들도 그렇게 부른다.

❹ **베이츠 여사**는 정이 많고 말도 많은 독신녀로, 어머니인 **베이츠 부인**이 우드하우스 씨와 친구 사이이다. 죽은 언니의 딸인 제인 페어팩스가 그녀의 질녀이다.

 * 이런 경우 격식을 차릴 때는 '여사', 그렇지 않을 때는 '아주머니'로 제안해 본다. 여사와 아주머니 모두 사전적 정의로는 '결혼한 여자'를 지칭하지만 요즘은 꼭 그렇지만도 않다. 남성의 Mr.처럼 결혼 여부를 따지지 않는 Ms.의 경우는 Mr.처럼 직책이나 직위를 써서 나타내거나 아니면 '미즈'를 그대로 써서 이 단어를 선택한 취지를 살리는 수밖에 없다.

❺ In *The Remains of the Day*, the butler Stevens fails to act on his romantic feelings towards **housekeeper Miss Kenton** because he cannot reconcile his sense of service with his personal life.

❻ Everything had to go right the first time, because they don't usually give you a second chance on that kind of thing and anyway if it had gone wrong I would have looked like an awful fool, and **my sister Carol** was never one for letting people forget it when they made fools of themselves.

* Shirley Jackson, "Louisa, Please Come Home". 익히 알다시피 sister는 전후의 맥락을 확인하여 언니, 여동생, 누나 중 하나로 확정해 주어야 한다.

❼ Mrs. Hurst, principally occupied in playing with her bracelets and rings, joined now and then in **her brother's** conversation with Miss Bennet.

* Jane Austen, *Pride and Prejudice*.

❽ The period of expectation was now doubled. Four weeks were to pass away before **her uncle and aunt's** arrival. But they did pass away, and Mr. and Mrs. Gardiner, with their four children, did at length appear at Longbourn.

* Jane Austen, *Pride and Prejudice*.

❺ 『남아 있는 나날』에서 집사 스티븐스는 봉사라는 자신의 직업 정
신과 개인사 간의 조화를 이루지 못한 탓에 **하녀장 켄턴**을 향한
낭만적인 감정을 드러내는 데 실패하고 만다.

* Miss Kenton 역시 나이 많은 비혼 여성이지만, 여기는 '하녀장'(house-keeper)
  이라는 직책이 있기 때문에 Miss를 무시해도 무방해 보인다.

❻ 그런 종류의 일에는 두 번째 기회란 없는 법이기 때문에 첫 시도
에 성공을 해야만 했고, 어쨌든 만약 실패했다면 난 형편없는 멍
청이 꼴이 되었을 것이다. 또 **캐럴 언니**는 다른 사람이 멍청한 짓
을 하면 나중에 그 이야기를 꼭 꺼내는 사람이었다.

* 문학작품의 경우 형제자매의 관계가 작품의 후반부에 가서야 밝혀진다거나, 혹은
  끝날 때까지 밝혀지지 않는 경우도 있어서 번역자들을 곤혹스럽게 만든다.

❼ 허스트 부인은 주로 팔찌와 반지를 만지작거리고 있다가 이따금
남동생과 베넷 양의 대화에 끼어들었다.

* 허스트 부인은 Charles Bingley의 누이인 Louisa Bingley를 가리키는데, 작품
  초반에는 '여동생'인지 '누나'인지 밝혀지지 않는다. 한참 지나서야 Mr. Bingley가
  23세, 여동생인 Caroline이 20세로 밝혀지며 Mrs. Hurst가 누나로 추정된다.

❽ 기다리는 시간이 이제 두 배로 늘어났다. **외삼촌과 외숙모**가 도착
하기까지는 4주가 지나야 했다. 그러나 그 기간도 지나갔고, 그제
야 가디너 씨 부부는 아이 넷을 데리고 롱본에 모습을 나타냈다.

* 작품 후반에 중요 역할을 하는 부부로, 초반에 Mr. Gardiner가 Mrs. Bennet의
  남동생임이 밝혀져 있다.

III. 상호, 국명, 지명의 표기

상호나 지명 등 고유명사(이름)는 소리 나는 대로 옮기면 될 듯하지만 간단치가 않다. 고유명사가 명사형으로 쓰이지 않고 소유격(또는 소유대명사), 복수형, 형용사형으로 표기되는 경우가 많고, 이 방식은 우리말 어법으로는 낯설기 때문이다. 이런 경우는 이를 명사로 전환해야 하는지 아니면 소리 나는 대로 옮겨야 하는지 꼼꼼하게 검토해야 한다. 그리고 무엇보다도 고유명사 번역에서는 개별 단어의 발음을 틀리게 옮기는 초보적인 실수를 하지 않아야 한다.

❶ Wendy's is an American international fast food restaurant chain founded by Dave Thomas on November 15, 1969, in Columbus, Ohio.

* 식당이나 상점, 의원 등의 상호명에서 영어로는 명사의 소유격(또는 소유대명사)을 쓰는 경우가 많은데, 다음에 restaurant, clinic, shop 등이 생략되어 있다고 보면 된다.

❷ This was in fact the ninth opened McDonald's restaurant overall, although this location was destroyed and rebuilt in 1984.

❸ The Church of Scotland established Queen's College in October 1841 via a royal charter from Queen Victoria.

❶ **웬디스**는 미국의 국제적인 패스트푸드 식당 체인으로, 데이브 토마스가 1969년 11월 15일 오하이오주 콜럼버스에서 설립하였다.

> * 개념상으로는 '웬디네', '웬디식당'처럼 명사형 '웬디'를 써서 표기하는 것이 맞지만, 원어민들이 이 말을 쓰는 실제 용례는 거의 Wendy's이므로 발음 그대로 표기하는 것이 타당하다고 본다. 이런 유형의 상호는 우리말로 특별히 굳어진 경우가 아니라면 이렇게 전체를 소리로 옮기는 것이 옳다.

❷ 이것은 사실 통틀어 9번째 문을 연 **맥도날드** 식당이었는데, 하지만 이 자리는 1984년 건물을 허물고 다시 지었다.

> * 앞의 원칙에 따르면 McDonald's의 경우도 '맥도날드즈'나 '맥도날즈'로 써야 맞지만, 맥도날드 한국법인이 '맥도날드'로 상표등록을 하였기 때문에 이렇게 표기하는 것이 옳다. 상표명을 이렇게 등록한 것은 아마도 원어를 그대로 썼을 때 생기는 발음상의 어려움 때문으로 추정된다.

❸ 스코틀랜드 국교회는 빅토리아 여왕의 칙허를 받아 1841년 10월 **퀸즈대학**을 설립했다.

❹ The Spanish flu killed up to 50 million people in 1918 and 1919.

* 소유격을 쓴 상호와 달리 국가명의 형용사형은 일반 형용사의 경우와 마찬가지로 명사형으로 전환해야 하는 경우가 많다.

❺ Looking for cheap Peruvian Airlines flights? Skyscanner allows you to search and compare Peruvian Airlines flights to help you find the lowest prices and most convenient flight times for your travel needs.

❻ They, with two others below, formed the revolving Maltese cross of the reaping-machine, which had been brought to the field on the previous evening to be ready for operations this day.

* Thomas Hardy, *Tess of the d'Urbervilles*.

❼ Three species of Kansan birds can be placed in this category.

❹ **스페인독감**으로 1918년과 1919년에 무려 5천만 명이 목숨을 잃었다.

* 국가명의 형용사형은 대개 그 나라 사람을 가리킬 때도 많은데—이와 같이 장소 이름에서 유래한 특정 장소의 거주민을 demonym이라고 함—종종 형용사형과 사람을 분리해서 두 가지로 표기할 때가 있으므로 유의해야 한다.

❺ 저렴한 **페루항공**편을 찾고 계세요? 스카이스캐너에서 귀하의 여행을 위해 가장 저렴하고 편리한 항공편을 찾으실 수 있도록 **페루항공**편을 검색하고 비교할 수 있게 도와 드립니다.

* 국가의 형용사형 중에서 새로운 자음이 추가로 들어가는 독특한 경우이다. 영국의 현대극작가 George Bernard Shaw는 그의 이름의 형용사형이 만들어지는 영광을 누린 작가로, Shaw의 형용사형은 Peruvian과 유사하게 Shavian으로 쓴다. cf. Shavian plays

❻ 그것들은 밑에 있는 두 날개와 함께 **몰타 십자** 모양을 한 자동수확기의 회전판이었는데, 이 기계는 그날의 작업을 위해 전날 저녁에 밭에다 운반해 놓은 것이었다.

* Maltese는 지중해 섬나라 Malta의 형용사형으로, 다른 나라들의 경우와 마찬가지로 '몰타 십자'로 번역해야 한다. 반려동물로 사랑받는 '말티즈'도 여기서 유래하는데, 원칙적으로는 '몰타종', '몰타 개'라고 해야겠지만 이미 〈외래어 표기법〉에 등록되어 있으므로 이를 따르도록 한다. 물론 '말티즈'가 아니라 '몰티즈'로 등록되어 있다.

❼ **캔자스 새** 3종을 이 범주에 포함시킬 수 있다.

* Kansan은 '캔자스주의', '캔자스주 사람'이란 뜻이다. Texas도 유사하게 Texan이란 형용사가 파생되어 있는데, 이때는 '텍사스의'란 형용사보다 '텍사스주 사람'이란 뜻으로 더 많이 쓰인다.

❽ First, and perhaps most important, **Andean civilizations** did not have a written language.

❾ In July 2007, **Gloucestershire** suffered the worst flooding in recorded British history, with tens of thousands of residents affected.

❿ Prior to your visit to the **Montgomery** Zoo and Mann Wildlife Learning Museum, we strongly suggest you visit our KNOW BEFORE YOU GO section of our web site.

* Montgomery는 미국 남부 앨라배마주의 주도로, 과거 프랑스계가 진출했던 곳이기 때문에 프랑스어 내력을 가진 도시명을 취하고 있다. 프랑스어식으로 '몽고메리'라고 읽는 현지인들도 있지만 번역 시에는 표준 미국 발음을 써 주어야 한다.

❽ 첫째로 그리고 아마도 무엇보다 중요한 것은 **안데스 문명**에 문자가 없었다는 것이다.

 * 안데스 산맥은 The Andes, Andes Mountains, Andean Mountains 등으로 쓰는데, 이 용례에서 보듯이—스페인어에서 비롯되긴 했지만—'안데스'의 '스'는 복수형 표기임을 알 수 있다. '알프스' 역시 같은 방식으로 만들어진 말인데, '안데'와 '알프'는 각각 스페인어와 프랑스어로 '높은 산'이란 뜻이다. 하지만 히말라야산맥(the Himalayas, the Himalayan Mountains)이나 로키산맥(the Rockies, the Rocky Mountains)은 복수형(-s)을 제거한 표기라는 점에서 일관성이 없는 셈이다. 하지만 현재로서는 〈외래어 표기법〉에 안데스, 알프스, 히말라야, 로키로 등재되어 있으므로 이를 따르도록 한다.

❾ 2007년 7월 **글로스터셔**는 영국 역사상 최악의 홍수로 수만 명의 주민이 피해를 입었다.

 * 이 단어를 '글로세스터셔'로 잘못 읽지 않도록 유의해야 한다. 영국의 지명에는 특히 이렇게 주의를 요하는 묵음이 많다. Worcester(우스터), Leicester(레스터), Warwick(워릭), Norwich(노리치), Greenwich(그리니치), Durham(더럼), Tottenham(토트넘), Cheltenham(첼트넘), Reading(레딩), Hereford(헤리퍼드), Carlisle(칼라일) 등등. 고유명사의 정확한 발음을 확인하고 싶으면 다음 웹사이트를 참조하기 바란다.
 출처: https://inogolo.com

❿ **몬트거머리** 동물원과 만 야생동식물 학습박물관을 방문하기 전에, 우리 웹사이트의 '가기 전에 알아야 할 일' 항목을 살펴보시기를 간곡히 부탁드립니다.

 * 프랑스어식 지명을 쓰는 미국 남부의 도시로는 Lafayette(라피에트), Baton Louge(배턴루지), New Orleans(뉴올리언스), Beaumont(보몬트) 등이 대표적이고, 중부의 Saint Louis(세인트루이스)도 마찬가지이다(Saint Louis의 오래된 주민들 중에는 프랑스어식 '생루이'를 고집하는 이들도 있다고 한다). 서부의 스페인계 도시들도 마찬가지이다. 샌프란시스코 인근 도시 San Jose는 인근의 히스패닉계 주민들은 '산호세'로 읽지만 표준 미국 발음은 '새너제이'이다.

IV. 동서남북의 어순

방위 표기와 관련하여 번역에서 종종 논란이 되는 것은 동, 서, 남, 북의 사이 방향을 표기할 때이다. 이 경우 영어는 남북 축이 동서 축에 우선하도록 표기하지만, 우리말은 전통적으로 그 반대였다. 하지만 지금은 공식적으로 (이를테면) '남동'과 '동남'을 동등하게 인정하고 있는데, 중요한 것은 어느 쪽을 택하든 한쪽으로 일관되게 쓰는 것이다. 남과 북을 함께 쓸 때도 영어로는 북이 남에 우선한다는 점이 우리말과 다르다. 우리말의 '동서남북'을 영어에서는 '북남동서'(north, south, east and west), 중국어에서는 동쪽을 기준으로 시계 방향으로 '동남서북'[또는 '가운데 중'(中)을 넣어 '동남서북중']으로 표기하는 것도 흥미롭다.

❶ The 13th century also witnessed the Crown of Aragon, centred in Spain's **northeast**, expand its reach across islands in the Mediterranean, to Sicily and Naples.

* 모든 국어사전에서는 이 방향을 '북동'과 '동북' 모두 허용하는 것으로 풀이하고 있고, 실제로 많은 사람들이 그렇게 혼용하여 쓰고 있다. 물론 영어로 eastnorth란 표현은 없다.

❷ But two of the predatory insects were discovered last fall in the **northwest** corner of Washington State, a few miles north of his property — the first sightings in the United States.

❶ 13세기에는 또한 스페인 **동북부/북동부**에 근거하고 있던 아라곤 연합왕국이 자신의 영토를 지중해 도서를 넘어 시실리와 나폴리까지 확장하였다.

> * 두 말 모두 사용할 수 있으나 '동북면병마사', '동북 6진', '서북 4군' 등의 옛말에서 보듯이 우리말에서는 전통적으로 동서 축이 남북 축에 우선하도록 표기해 왔다. 또 지금도 국가에서 공식적으로 새로 만드는 말은 이 어순을 취하는 것이 관례이다.
> cf. 동남권 신공항, 수도권 서북부, 전남 서남해안 발전 전략, 통계청 동북지방통계청 등.

❷ 하지만 육식 곤충 두 종이 지난 가을 워싱턴 주 **서북부/북서부** 구석, 그의 집에서 북쪽으로 몇 마일 떨어진 곳에서 발견되었고, 이것은 미국 내 최초의 목격이었다.

❸ Many crucial developments in human prehistory occurred in **Southwest Asia,** including the transition to agriculture as well as the emergence of writing and of the earliest civilization.

❹ *North and South* is a social novel published in 1854 by English writer Elizabeth Gaskell.

❺ In scientific and worldwide usage, wind direction is always stated as the direction from which the wind blows. For example, a south wind blows from the south to the north and a **southwest wind** blows from **southwest** to **northeast.**

❸ 인류 선사시대의 핵심적인 많은 발전이 **서남아시아**에서 이루어졌고, 여기에는 문자 및 초기 문명의 등장뿐만 아니라 농경사회로의 전환도 포함된다.

* 번역의 관례 또는 전통이란 측면에서, 동남아, 동북아, 서북항공(Northwest Airlines), 재미한국학교서북미지역협의회(The National Association for Korean Schools Northwest Chapter) 등의 오래된 역어들은 초기 번역자들이 영어와는 다른 한국어의 전통 어순을 따랐음을 보여 준다.

❹ 『**남과 북**』은 1854년 영국작가 엘리자베스 개스켈이 발표한 사회소설이다.

* 남과 북의 어순도 영어로는 언제나 north가 south에 우선하지만, 한국어의 전통적인 관습에 따라 이 작품도 『남과 북』으로 옮기는 것이 타당하다. 남남북녀, 남전북답 등에서 보듯이 우리말의 전통 어순은 남이 북에 우선하기 때문이다.

❺ 과학계나 전 세계적 용례에 따르면 바람의 방향은 항상 바람이 불어오는 쪽으로 명시된다. 이를테면 남풍은 남쪽에서 북쪽으로 불고, **남서풍**은 **남서쪽**에서 **북동쪽**으로 분다.

* 일반적으로 남서와 서남을 같은 뜻으로 쓰지만, 예외적으로 바람의 방향과 관련해서는 영어식 어순(남서풍, 북동풍)이 공식 표기로 확정되어 있다. 기상청의 일기예보 등에서 서구식 방위 표기를 하고 이를 국제적으로 통용하는 과정에서 혼란을 방지하기 위해 이 어순을 취한 것으로 추정된다.